擱淺的
Blue Whale

X.H夜月獨步 著

他無法忘記那個雨天。

那陣雨將持續不斷，直至將他淹沒——

活著才是最大的懲罰。

1

飛機降落在戴高樂機場，瘦削的少年提著琴盒，推著行李，出了機場大廳後，正待拿起手機確認時間跟地點，就感覺到有人靠近他。

「你是……星？」因為顯示名稱就只有「星」一個字，實在很難決定要怎麼叫。

「恆星。」最初被命名的原意是如此，而另一個則是「行星」。然而在脫口之後，他停頓了一下，接著說：「就叫『星』吧。」

「你是哥哥應該要對弟弟有導引的作用。」他想父親會如此命名是出自於對「長子」這個身分的期望。再加上父親是太空人，對星體無限癡迷，他家兄弟才能不延續猶太人傳統的命名模式，而他弟弟比他優秀得多，輪不到他去干涉，自然也毫無意義。

「迪博拉老師在上課，所以派我出來接你。」來迎接他的男子靦腆地推了推眼鏡，微鬈的淺色頭髮乾淨整齊，綠色的眼眸閃動著害羞的神情，比他更像個不知所措的小男生。

如果換作是兩年前的他，會不會也是這個模樣？因為世界太過單純，從不知道天空會變色。即便知道世上苦人多，別人的悲劇是別人家的事，也不會降臨在他身上。

他很專心地尋找自己的世界，直到與這個世界隔絕。

然而，星體總會相撞，黑洞總會產生，他的星球就這樣破裂，並且被吞滅。那個原以為安全的、不會動搖的星球，再也無法成為他世界的全部。

「請多費心。」他微微行了個禮，「請問該如何稱呼？」

知道如何稱呼是一種禮貌。

守著禮貌的界線，各自在軌道上運行，這是安全距離。

「我是……」對方正待報出名號，卻及時止息：「我跟盧梭同名。」

「盧梭。」他將這個名字含在嘴裡琢磨了一下，然後問：「哪個盧梭？」

「咦？」對方愣了一下，很少有人會這樣反問。講到盧梭大部分的人回答就只有一個，他沒設想過會有其他答案。

「尚－雅克．盧梭（Jean-Jacques Rousseau），十八世紀的哲學家。亨利．盧梭（Henri

Rousseau），法國後印象派畫家，作品是《沉睡的吉普賽人》。一般說起盧梭會最先聯想到《愛彌兒》而不是《沉睡的吉普賽人》，所以你應該是尚－雅克吧？」

「是……」得到預設之外的回答，尚－雅克的確有些反應不過來。

雖說哲學的確是法國高中生的必修之一，說起盧梭的名字也沒什麼人不知道，何況法國處處可見歷史的痕跡，他也是因此才用盧梭當成自我介紹的媒介。但這名從美國來的少年不但回答了哲學家，還順便科普了一下畫家。

不過講到畫家盧梭的作品是在紐約現代藝術博物館（MoMA）展出，這名星星少年搞不好看過，所以會聯想到也是必然，或許不用太驚訝。

「車子在哪？」覺得可以結束名字話題的少年問。

「啊，對，車子！」尚－雅克本來還在狀況外，忽然如夢初醒，跳了起來，「請、請往這邊！」逕自走了幾步，然後又慌張地回頭：「這……需要幫你推行李吧？」

他微微蹙眉：「我可以自己來。」

他現在最不希望的，就是成為任何人的麻煩。

面對少年拒人於千里之外的態度，尚－雅克搔了搔後腦，一臉為難。

遭受拒絕，那就各走各的，其實沒什麼。然而這名稱為「星」的少年實在太淡漠，讓人不知怎麼應對。說是溫和有禮，但又有著相拒抗力，一點也不好相處。如果可以選擇，會希望來的是個單純直率的小孩，不然也該是天真好奇，而不是這樣陰沉不討喜。

「喔，那個，因為老師說……」

他只是靜靜地等尚－雅克接下去。

「老師說……因為你要拉琴，不能把手弄傷。」少年平靜無波的冷漠，顯得自己十分笨拙，而那端反而更像個大人。

雖然不是譏誚，卻比譏誚更令人難堪。

他聞言臉色一沉，直覺地掩住提著琴盒的右手，隨即又放開。

「只要不會影響運弓就好了，是吧？」聽不出是什麼語氣，少年淡淡地問著。說是「問」，或者更多是肯定自己的猜測。

「咦？」尚－雅克又是一陣慌亂：「呃，嗯，嘛，的確是。」

少年看向對方，明明年紀比自己大上許多，卻比自己還更像個孩子，或許暫且可歸類為「單純而天真的好人」。而且自己不想被靠近的態度似乎讓對方感到十分挫折，於是噗哧一笑，只為了想讓對方安下心來。

尚－雅克有些呆愣，不明白少年為何而笑。

他止住了笑，眼眸對上對方的，晶瑩透亮的眸子即使身為同性也很難不怦然。

「如果你是迪博拉姑姑的學生，在『手不能受傷』這件事上我們應該是一樣的。」少年笑起來不再是遙不可親，那雙漂亮的眼睛也不再只像是鑲嵌在洋娃娃臉上的冰冷玻璃珠：「這行李箱有輪子，所以我可以自己推。如果你非得要幫忙才能安心，那請幫我拿『莉娜』吧！」

淺淺的像是貓科動物的眸，添上了幾許，少年才有的鬼黠聰穎。

該說這才是一般所認知的少年該有的表現。

「那、那個，我，我我我我……」心跳快速地漏了一拍，對方直覺地拉開了一步之遙，狼狽地把頭轉開。

不對，到底在緊張什麼？振作一點！

可能是因為那種無法捉摸的氛圍突然消散，讓他反應不及，想要拿出個前輩的架式卻只餘下狼狽才會如此慌亂。

「莉娜？」幾秒鐘之後，對方才反應過來。

「莉娜」是什麼玩意兒？

「愛因斯坦的小提琴[1]不就是這個名字嗎？」少年的壞笑像極了捉弄人的微笑貓。

★

巴黎市區以順時鐘劃分為二十區，並以塞納河切成左岸與右岸，兩種不同的生活型態及文化圈。

車子開到了位於十九區的音樂院，少年才正把琴盒拿下車，要走向後車箱拿行李時，一名穿著白長褲裙、酒紅短上衣，剪著俐落短髮的女子開著一台紅色的瑪莎拉蒂現身了。

「我現在要去音樂廳，你帶著琴跟我走。」她對少年說完之後，轉向尚－雅克：「這孩子的行李麻煩你拿到我家，我已經跟管理員說好了，他會幫忙開門。」

女子說話速度既快又強勢，使人不禁就會跟著她的步調，等到開始行動之後才會反應過來——現在到底是什麼情形？

「我還沒跟對方道謝。」少年望著尚－雅克遠去的車，拉下了安全帶，回頭跟姑姑說。

「你還有心力管別人嗎？」迪博拉顯然不在意尚－雅克的存在，對她而言那就只是個方便使喚的小跟班。即使不是他，也可以是其他人：「如果等等沒辦法得到過半數的滿意度，你就可以立刻拿著行李回美國了！」

「我以為那是妳的音樂會？」被叫上車時以為是去見習的，沒想到居然還有後續！他完全沒有心理準備，對於眼前的情勢非常排斥。

「要說那是我的也可以，」迪博拉握著方向盤，凝著臉望向前方的路況，看不出臉上有什麼表情：「別忘了你是我教的，你的失敗就等於我的失敗，我絕不容許這件事發生！」

這個回答的確很符合她的性格，如果她不是這樣的人，也不會因為想成為世界知名的小提琴家而放棄了婚姻。

要站上世界舞台就要付出代價，而她一直也是貫徹這樣的信念。

她不想為了家庭孩子、為了任何因素耽誤她所追求的人生，愛情對她而言僅是為了音樂而調劑的工具，她最愛的是音樂，又或者該說是她自己，這點毋庸置疑。

這就是來法國的第一天，整個感覺糟透了。

雖然心裡瞬間轉過各式不同反駁的言語，但終究一句話也沒出口。意氣之爭太幼稚，那會連他都看不起自己。

他別過臉去看著十九區的街道，不再說一句話。雖然也知道姑姑就是為了接班人才硬是把他從父親身邊搶了過來，但這怪不了別人，只能怪他自己。

下意識地按住自己的右手，早該痊癒的傷口似乎又隱隱作痛了起來。

因為，他回不去了。

★

母親過世後，他路過了父親的書房，聽見迪博拉姑姑跟父親說：

「你沒辦法照顧好那孩子吧？把他交給我！」

「妳的笑話很好笑。妳自己成天開音樂會跑巡迴演出，在家的時間難道會超過我？」

「那你離開地球一次又要花多少時間？我還能帶著他去巡迴演出，難道你能帶著他上太空？」

「妳簡直不可理喻無理取鬧！再怎麼樣照顧那孩子的事也不會輪到妳！」

「的確是輪不到我，但只有我會最用心！」

父親像是碰到什麼，發出了細微的聲響，他連忙朝著旁邊再移動了一些，希望能更可靠地把自己隱藏起來，以免父親知道了他在偷聽。

「妳該不會……」父親停頓了一下，用更嚴厲的語調說：「不，想都別想！我不會讓妳這麼做的！」

「不論是為你立後或為我，他都是我們家的人。如果你真這麼在意，我可以告訴他結婚之後選擇一個延續你的氏族。」

「妳為什麼不自己去做一個，非要他不可！依照傳統，只要母親是猶太人，小孩就能被納入──」

「我做出來的不見得像他有這樣的才能，我不想去賭那個遺傳機率。」迪博拉姑姑完全不想退讓，非常堅決地說：「我就是要他！」

他不懂迪博拉姑姑到底是在堅持什麼，他甚至不覺得自己有什麼才能。從小弟弟就比他優秀太多，所有的聚光燈也都在弟弟身上，比起來弟弟或許更像哥哥……

雖然，弟弟就像是刻意要避開和他相同的東西似的，縱使什麼都會，卻唯獨不碰音樂。

車子來到了拉維萊特公園，這裡在巴黎十九區的東北邊。十九區不但有音樂院，也有音樂廳。在某個音樂廳停車場把車停好之後，他別無選擇的跟著迪博拉進入了音樂廳。

音樂廳內的冷空氣讓原本不滿的情緒稍微平靜了下來，他的確可以一走了之，也可以讓姑姑難堪，不管她請了誰，其實跟他都沒有關係，他大可以向姑姑證明她沒有權利支配他。

然而，拉完這場又怎樣？他也很想知道那些人會怎麼評論。最多，就是證明了果然不適合當音樂家，姑姑也能死了這條心。

所以，再怎麼不情願，也還是只能把這件事做完。於是淡漠地問著：「我到底該拉什麼曲目？」

迪博拉像是在想些什麼，聽見他的聲音才回神，遞出了一張清單，然後指著前方：「那邊直走到底就是後台，你應該可以判別從哪裡上去。我先進去跟那些音樂家與樂評家打招呼。」

「慢著，」他拉住姑姑，眉峰皺得死緊：「樂評家？」

「我有說過這是非正式的音樂會，不會讓你見報，我也還沒打算這麼快亮出王牌。」她說得又急又快，聽著就是不容反抗：「但是接下來我的確要去巡迴，你先上語言學校，我會找人看著你。」

說完，她就推開了音樂廳的門，離開了他的視線。

★

英國數學家西爾維斯特（James Joseph Sylvester）曾說過：「難道不能形容音樂是數學的感性，而數學是音樂的理性？」

因此，父親曾經笑說，他會對音樂這麼有天賦，一定是因為數學好的緣故。

「喂喂喂……搞清楚，是我的功勞才對！」母親不服氣地如此插話：「分明就是我家遺傳好——」

「是是是，我岳父大人是小提琴家，我老婆大人是鋼琴家，家族遺傳優良……」父親巧妙地用所有格來陳述，表現他是人生贏家：「不過別忘了我家小妹也不遑多讓。再說數學是音樂的理性，我要轉行也只是在隔壁。」

「哼，最好是！」母親俏皮地對父親做鬼臉。

他曾認為那是生命中最快樂的時光，看著父母像孩子似的拌嘴，然後相視而笑。雖然父親不在的時刻居多，但只要他回家，家中就會有笑聲，母親臉上也會有幸福的笑容。

當初父親會與母親相戀，就是靠姑姑牽線。姑姑跟著外公學小提琴，於是連帶的就把身為同學的母親介紹給父親了。

並非無法理解姑姑為什麼不想去賭遺傳機率，如果沒做出她想要的胚胎，對她而言只會是麻煩。一個兄長的孩子，完全符合她的期待，繼承雙方家長的優良基因，再也沒有這麼理所當然的存在，她又何必捨近求遠？

但是，他還沒決定要成為音樂家，不如說，他想過物理學家，想過天文學家，甚至也想過要像父親一樣當個太空人……他很專注的尋找自己星球運行的軌道，直到……

「這世界上不需要兩個相同的存在。」

巴赫〈D小調小提琴第二號組曲—夏康舞曲〉[2]，貝多芬〈第九號小提琴奏鳴曲〉[3]、〈D大調小提琴協奏曲〉[4]，帕格尼尼〈二十四首隨想曲〉第五、十和二十四首……[5]

果然有帕格尼尼。

帕格尼尼的隨想曲[6]是小提琴必備的炫技曲，在弓法的部分尤其華麗，屬於高難度技巧，沒有人不想用帕格尼尼組曲秀一下的——可是他例外！

他對帕格尼尼的心理障礙……只有他自己知道。

於是他沒有完全照迪博拉給的曲目，而是中間替換了幾首，帕格尼尼也直接略過，貝多芬奏鳴曲也放棄，而保留了他向來就喜愛的巴赫，改換薩拉沙泰的〈安德魯西亞浪漫曲〉[7]，蒙蒂的〈查爾達斯〉[8]。

反正他向來覺得表現夠了應該就夠了，技巧很重要，但詮釋更重要。所以大曲他果斷放棄，然而需要的技巧也一樣沒少，他只是經過精密計算的……只表現自己想表現的。

即便大約只有半小時左右的演奏內容，會聽的人就是會聽，不會聽的人……拉再多曲目也沒用。

「我想今天若是換到餐廳會更享受。」有些刻薄的樂評家在結束後如此說。

「是啊，聽得我肚子都餓了。」

嘿嘿呵呵，笑聲不斷。

「你們耳鳴沒治好嗎？在他姑姑沒替他準備伴奏的情況下，居然還敢拉無伴奏，可見他對自己音色及音準的自信。」邋遢的大叔從座位中站起。「他才十六歲，不可能只有這樣，想到他的未來我可是很害怕。」

「又來了，你在說反話吧？」其他人擺明了不相信，但笑聲都很乾。

「我也不是常常都愛說反話，像這種臭小鬼我討厭得很。外行人就閉上嘴，光從巴赫就知道他的底子有多深厚，音色乾淨又連貫，音準也絲毫不差，將弓法跟技巧掌握得十分穩定，那已經是接近演奏家的水準了。」搔了搔後腦走出音樂廳：「啊，怎麼又有人來搶飯碗了，可惡。」

也有人覺得意外，一般年輕人喜歡炫技，在技巧上表現得華麗燦爛，聽起來非常繽紛多彩，尤其這種算是拜碼頭自我推薦的小型音樂會，即使人少但來的都不算小角色，更會費盡心思表現自己。

經歷愈多，詮釋愈純熟，年輕人在詮釋上需要靠時間去琢磨，年輕時當然堆積技巧。然而這名少年的詮釋，讓人無法分辨他到底經歷過什麼，又體會了什麼，技巧彷彿只是為了詮釋而陪襯的，他只表現自己想表現的音樂。

簡單來說，他太超齡。就策略上來說，他走了一條險僻的路，沒有年輕的音樂家會這樣做。

但正因如此，反而給人留下深刻的印象。

「他是妳姪子？」老指揮家經過迪博拉身旁時問道：「妳的學生？……應該是妳老師的外孫吧？」

「是。」面對大人物，再怎麼強勢的人都會謙恭畢敬。

「這小子有意思，」對方笑了笑，「和妳很不一樣吶，妳反而很急著想表現自己。」

迪博拉微微一愣，原來她是這樣的人嗎？

「我很期待這孩子的未來。」老指揮笑呵呵地離開。

★

照理講音樂會結束他該到處握手寒暄，不過他就不曉得躲到哪裡去，直到人都走得差不多了才出現，也算是沒讓姑姑難以下台。

「為什麼沒照著我給的曲目拉？」迪博拉看到他出現時劈頭就一陣質問。「尤其是帕格尼尼，你知道那個是——」

「肚子餓拉不動。」打斷姑姑的責難，他的理由很正當，讓人無從怪起。從下飛機就被拖來這邊毫無喘息，饒是大人也會疲乏，何況是個少年。

「所以你剛跑哪去？」迪博拉瞪著他：「你要說去吃飯？」

他點點頭，一臉無辜。

姑姑雖然不高興，但也沒再多說什麼。

說穿了他其實是不想讓一堆陌生人品頭論足，雖然知道免不了。而那些人面對本人也只會說些漂亮的場面話，他不想花時間聽這些沒意義的言語，倒不如去填飽肚子。

「……你爸呢？」或許是回程的路上太過沉默，迪博拉問了個很匪夷所思的問題。

「不知道，我出門的時候他不在。」他也以為父親至少要跟他道聲再見，但自從「那天」之後，他父親就沒再跟他說過話。

他不自覺地又撫著自己的右手，察覺到姑姑在看他，於是把手放開。

「……不要讓我看到你手受傷，」迪博拉在紅燈前停下車，轉頭看著他，冷然的木質色眸子森冷而嚴肅，充滿著威迫：「從現在起，那不再是你的東西了。」

原來，姑姑已經知道了嗎？

★

迪博拉離開的那一天，他把屋內所有的鏡子全都收進壁櫃中。

直到後來他學會用粗框平光眼鏡掩飾自己相似的容顏之前，他都只能選擇消極性逃避，只要不去面對，就能不知不覺。

母親過世前，總會愛憐地輕撫著他的臉，雖然是面對面，但空洞的眸光卻不是投射在他身上，而是越過他，落在非常遙遠的遠方。

「對不起……」然後，她會悲痛失聲，抱著他不斷地道歉：「對不起……對不起……」

母親道歉的對象不是他，他很清楚。

自從那天之後，他就不再具有自己的主體性，只是某個人的鏡影。

「這世界上不需要兩個相同的存在。」

那個人瀟灑的離開了這個世界，把問題丟給了他。

他曾經想過，如果他也不在了，母親是否就會不再悲傷，也不會死去了？

或者說，他應該要放棄自己，做為另一個人活下去？

他選擇了後者。

他想要維繫這個脆弱的、如同在風中飄搖的家。即使少了一個人……也可以回到過去，他認為自己一定可以做到。

然而，他終究是失敗了。

「不要學你弟弟！」他還記得父親很生氣地這麼說。

「你幹嘛這麼生氣！」母親出來護著他，很憤怒地和父親對望：「我不覺得……」

然後，母親喊了另一個人的名字。

父親停止了，母親也愣住了，只有他，毫無反應。

他只當是喊錯了，而這樣的錯誤，自從某人離開之後，就不曾修正。

所以，母親的喪禮過後，他在浴室裡看著自己的臉，總覺得那不是自己，或者說，連同站在這裡的人，都不是自己，一部分的自己已經消失，而他再也無法尋回。

他到底是誰？又為什麼會在這裡？從今以後，他到底該為了什麼繼續活下去？

鏡中的影像不斷地扭曲變形，最後成了張牙舞爪、邪惡猙獰的形象，他猛然敲碎了鏡子，憎惡地像是要連同鏡中存在也一併毀滅，就如墜落的星子，通過大氣，火焚，而後，剩下無法拼湊的碎片。

如果能將一切都燃燒淨盡就好了！

「你在幹什麼！」

父親聽見聲音，衝進了浴室，他避之不及，被父親狠狠地揍倒在地。

長久以來堆積的憤怒和委屈猛然爆發，他跳站起身，推了父親一把，將父親推上浴室的門。

撞上門框的父親更加生氣，用力拉住他受傷的手將他摔上走道上的牆，右手瞬間有著撕裂的疼痛，他微微瑟縮，卻不願在父親面前展露自己的脆弱，正要反擊，就被父親痛揍。

他很瘦弱，於是再無法反擊回去。

印象中父親每次的生氣都很合情合理，他跟弟弟只有乖乖點頭說知罪的份，從不會反抗。

但是，只有這次……只有這次……

只有這次，他不想認錯！

從醫院包紮回來，他聽見父親打電話給姑姑：

「他是妳的了，來把他帶走吧！」

★

打完那場架之後，父親沒有再跟他說過一句話，而他好幾次想開口，卻又不知該從何說起。

他知道父親的痛不會比他少，也曾經認為或許父親是恨他的，畢竟他奪走了父親最愛的人的性命，所以父親才會憤怒的將他送給姑姑……他也一直覺得母親是自己害死的，只因為那張相似的臉龐令母親傷心欲絕，肝腸寸斷。

於是，他失去了打破僵局的勇氣，表面上看似接受安排，實則逃離這裡，逃離一切。

而這裡是他出生的地方，是他成長的地方，是保有他一切美好記憶的地方，是他如此依戀的地方，離開的時候，他卻沒有哭，只是很平靜地，接受了這個事實。

他不知道當他踏出那扇門之後，何時才能再回到這個……「家」。

實際上，當之後忍不住偷偷回來時，發現這裡掛著出售的牌子，而父親不知去向，甚至連工作的地方也不知道他的下落，父親就這樣留下他獨自一人面對這個世界。

他很後悔，如果能早點回來面對這一切，面對父親的憎恨，是不是父親就不會離開了？

因為如今，他連可以回去的地方也沒有了。

2

一般來說，天主教語言中心的學費較貴，精打細算的人不太會做這樣的選擇，而是會去選擇課程較為密集且人數多，但學費相對便宜的語言學校。

然而因為要兼顧練琴跟語言學習，姑姑付出很大的投資。依照他們的標籤——那種天生錙銖必較又實際非常的奸商性格，也不會讓他去這種昂貴的地方上課，只因為下午有大半的時間可以練琴。

但他家一直都是非典型——不論是因為混血的關係，又可能是因為移民的關係，父親向來沒把這個標籤放在心上。

「標籤這種東西，是你接受了才會貼得上去，何必被別人眼光限制？」

母親說那是因為他都不在地球上，才可以說得這麼瀟灑。

「嗯……宇宙的確不會用偏見看待你。」父親也沒反駁：「但為了別人的標準活著實在太累，不覺得這對身體很不健康嗎？」

確實如此。但他覺得母親所講也是事實，不在地球上自然不會受到人類眼光的限制，根本是眼不見為淨。

但也因為如此，父親常有很多奇怪的想法，他偷偷覺得那一定是因為父親接收到了宇宙電波才會有這種思維模式。

所以，很多年之後，他又遇到了即使不上太空也有宇宙電波思想的人，總會不由自主的想起老是不在地球的父親。

就在他查好搭車路線，提起小提琴要出門時，在門口遇到了滿面掛著巴黎陽光的尚－雅克。

「早安！星星少年，我來接你去上課了。」

少了初次見面的害羞反應，眼前的人比較像熱情的法國人了。

姑且先不管「星星少年」這種奇怪又自以為熟稔的綽號是怎麼來的，這傢伙為什麼會一早擋在門口，還說要接他去上課？

「姑姑去開演奏會了。」意思是來找她上個別指導課程的話，她不在家，而他也不需要「司機」。

「迪博拉老師沒跟你說，她不在的這段期間都由我來照顧你嗎？」尚-雅克笑容可掬，簡直可以捏出一把膩到足以填滿十片土司的蜂蜜。

「她是說過有幫傭的人會來，」他一本正經的神情下是戲謔的，口吻聽不出是否有惡意：「也說過我可以任意使喚對方。」

當然他是加油添醋了一番，但也不完全是誆的。姑姑的確是說：「會有人來煮飯和接送」，這不是幫傭什麼才是？

不過他有自己的行程，想過今天要自己實際走一回，本來就準備要請對方先回去傍晚再過來，沒想到還是來了個「隨從」。

「喔……是……喔……」尚-雅克笑容依舊掛在嘴角，但微微僵硬且抽搐。這死小鬼居然真的是個小惡魔，初次見面還以為陰鬱害羞，原來這麼快就露出真面目了嗎！

看了眼手錶，他向來喜歡給自己寬裕的時間，可以悠閒從容地進行計畫，而這個人已經嚴重耽誤到預定的行程。

「我要遲到了。」言下之意是要對方自己識趣離開。

他不需要任何人介入生活，至少現在不想。而姑姑不在的日子也打算自己安排，並沒有想過要麻煩任何人。

「我就是來接你的。」對方還是閃著潔白的牙齒，試圖表現自己的友好。

「我有非自己去不可的理由——」他開始有點不耐煩了。

「不行，我跟老師說好的。」如果現在棄守了總覺得自己在某種程度上就是輸給了這名星星少年，猛然浮上一種爭鬥之心，尚-雅克硬是擋住了他的去路。「她不在的日子就由我照顧你！」

那種像宣言似的態度是怎麼回事？這人到底知不知道自己在說什麼？照顧？知道什麼是「照顧」嗎？蹙著眉，抬起那雙會讓人心律不整的淺色近金的眼眸，仔細地端看了尚-雅克一陣，太過專注，使得對方不自覺地微微向後縮頸，感受到某種壓迫，但又無法不被那對眼睛吸引。

那雙眼睛太迷人，明明清澈透亮，卻像是梵谷星夜中的漩渦，讓人忍不住被捲入其中。

「姑姑照理講不會找上你，你們做了什麼交易嗎？」收回盯視的眼神，疑問之下是更多的肯定。

因為有什麼「不得不」的交換條件，才能解釋這人為什麼會用這麼熱情的姿態出現在他面前。

「那個是……」這問題太過犀利，尚-雅克一時間不知該怎麼回答。

他還記得去請迪博拉寫推薦信時，迪博拉正要離開琴房，她說急著要替她姪子找個幫傭的人改天再談，他不知道自己到底是中了什麼邪，居然脫口而出說他願意做這件事。

本來迪博拉充耳未聞不想理他，直到他說無償，她才停下腳步回頭看他。

「你照顧不來的吧，」迪博拉臉上也是寫著滿滿的不信任，「我家那個很古靈精怪，雖然外表裝成無害的樣子。如果你和他鬥智鬥輸了，大概就只能被他踩在腳底下。你確定真的要挑戰他？」

只是接送一個少年去上學學琴回家跟吃飯，有這麼誇張嗎？尚－雅克只當老師誇大其辭也沒放在心上。要真的這麼可怕，一般人大概也處理不了。

於是迪博拉丟來一張清單，上面寫滿了該做什麼該注意什麼，還有小提琴課程清單，看來是為了國際大賽在做準備。

只是這麼簡單的事情，其實沒什麼不能說的，可是不曉得為什麼總覺得說不出口，在內心深處有種很清楚的認知明白並不光是因為這個原因，只是剛好而已。

「真的來不及了，」再看了眼錶，嘆了口氣，他不想再將時間花在僵持上，妥協似地說著：「既然你如此渴望，我只好成全你的願望。」

「咦？」尚－雅克對於他突然的轉變有些反應不過來。

「下課之後我要去一趟六區的普羅可布咖啡館（Café Procope），」露出可惡的小惡魔微笑，他把樂器交到尚－雅克手上，「記得帶著『莉娜』過來，『琴童』！」

直覺抱住琴盒的尚－雅克望著他離去的身影，許久之後才反應過來：

「琴……琴童？好歹……好歹我也是前輩，至少大了你十歲以上，叫什麼琴童！你……你不要太囂張！」

★

由於語言學校在著名的學府區，除了圖書館、先賢祠、博物館、聖母院以外，海明威的故居及非常出名的花神咖啡館也在此地，而且，還有超棒的甜點店。

在語言能力分班考試的時候被分到中等程度的班級，他還記得姑姑對於這個結果非常不滿意。

「你有認真答題嗎！」

呃……他的確是寫到一半睡著了，然後清醒時慌慌張張地選了幾題作答，也來不及算會拿到幾分。但日後回想起，若不是因為這個失誤，大概也不會遇上「那件事」。

下課之後，正把背包整理好，要離開教室時，有人走到了他的座位旁：

「我觀察你好久了，你好沉默，都不跟人講話，這樣不行喔！來語言學校就是要交流的啊！你是因為害羞嗎？」

他抬眼，那是一張拉丁美洲風情的臉龐，微鬈的長髮，穠纖合度的身形，性感的唇，明亮深邃的眼睛，略帶棕色的肌膚。

他能很好的辨認這個特徵是因為一起長大的隔壁鄰居就是拉丁美洲裔。

「謝謝妳的關心，我只是還不知道要怎麼跟同學互動。」不全然是假話，雖然也不完全是真話。

不想跟人講話只是因為對聲音的模仿力很好，學語言非常快，專注地聽別人講話對他而言很重要。而且到一個環境他習慣先觀察，並不急著融入，一個圈子裡總有些潛規則，他對於解構分析會比加入更感興趣。

當然特立獨行久了就會被當成目標，所以會在適當的時間點讓自己不是那麼顯眼，這是他已經學會的。不像弟弟，向來能很好的展現自己，走到哪都能引起注意，也或許，因為弟弟先引起了注意，他才能被放置在一旁，安靜地觀察。

「咦？是嗎？還以為你是那種很容易引起注意、很受歡迎的類型呢！」對方笑嘻嘻的，覺得他在開玩笑，也沒把他的回答當一回事。「我叫梅斯蒂，你呢？」

這個名字立即在耳際瞬間轟然炸裂。

「……拉丁美洲的梅斯蒂[9]……嗎？」

失神地低喃，所有的聲音如潮水湧進，試圖將他淹沒，使之滅頂於其中。

「是你殺了他！他是因為你才死的！」

「都是你！如果沒有你就好了！」

「殺人兇手！」

那雙怨毒的眼睛，揮之不去。

為什麼會有這種巧合？

「抱歉，我還有事，改天再說。」

維持著最後微弱的理智，像是要逃離什麼似的，他頭也不回地離開了教室，留下一臉莫名的同學。

「其實你很虛偽你知道嗎？」有時弟弟會分不清是不是開玩笑的說：「老是在裝乖。你可以騙得了別人，或者是爸媽，可是騙不過我。」他會湊近他，然後看著他眼中的自己說：「我知道你在想什麼，因為我就是你。」

「喂！」有人拉住了他，將他從轟然紛亂的聲音漩渦中拖了出來：「你這樣橫衝直撞的要去哪裡？」

所有的聲響倏地退潮似的離去，他像是從溺水之處得到了氧氣，猛然大大地、使盡全力地張口呼吸，直接打開後座車門把自己關入其中，驚恐得如被鬼魅追趕而縮起雙腳，掩住雙耳，緊閉雙眼，像是要將一切摒除隔絕在外。

原以為可以遠離那一切，不再想起……然而過去卻如影隨形，即使跨越異界也無法逃離。

「因為我就是你。」

他想起望進他眼底的另一張臉。

他想起母親對著他喊叫弟弟的名字。

他想起鏡中那扭曲變形的形象。
他卻想不起自己原來的樣貌。
他到底是誰？
原本的他又在哪裡？

「我就是你。」

被眼前的景況弄得滿頭黑人問號，尚－雅克有些不知所措。
「你……你沒事吧……」是在學校跟同學怎麼了嗎？應該不太可能吧？才第一天還能出什麼問題？
然而那個意氣風發、對人頤指氣使的小惡魔居然會有這麼脆弱的表現，在驚愕無措之外，尚－雅克只覺得自己笨拙得不知道該做些什麼……
難怪迪博拉說他照顧不來……
緊握了一下拳頭，尚－雅克胡亂地丟下了一句：「給我乖乖待在這裡不要亂跑！我等等就回來！」也不管對方有沒有聽到，就跑到附近的咖啡館去了。

這小鬼……一下子像個惡魔，一下子又脆弱得像個孩子似的讓人想保護他，很麻煩，真的很麻煩，很麻煩很麻煩很麻煩……這句話可以無限重複播放上千回……可是不知道為什麼就是放不下，就是忍不住要看著他，就是……

就是，無法不受他吸引。

「唉……都是那雙眼睛害的……」

尚－雅克隱約想起他的台籍女友說過中文有句話叫什麼「禍水」的，現在果然見識到了。

尚－雅克再回到車子時，車內的星星少年似乎已經恢復，只是抱著琴盒，不曉得在想些什麼。

「喏，喝了會平靜點。」尚－雅克遞出咖啡，但他沒有伸手接過。

「……我還未成年不能喝咖啡，會傷害大腦。」沒想到他居然毫不領情地潑了冷水。

「喔……是……喔……」尚－雅克又開始覺得嘴角抽搐。果然這小鬼只要恢復正常了就很可惡！

「不過……」他停頓了一下，看了那杯咖啡一眼，「我的確想喝點熱的，這是奶咖啡吧？」

「小鬼不就是要喝牛奶嗎？」就是想扳回一城，尚－雅克故意強調「小鬼」二字。

「就因為我是小鬼，所以想要卡爾・馬勒帝（Carl Marletti）的甜點配咖啡，」露出了小惡魔的甜蜜微笑，剛才那種失控的脆弱已不復存在。「那就有勞你了，『琴童』！」

「你！」

★

巴黎有許多知名的咖啡館，但普羅可布咖啡館是具有歷史，也最古老的一間，於一六八六年開業，知名的盧梭、伏爾泰、雨果……甚至是拿破崙都來過。

車子停在咖啡館對街時，尚－雅克看了他一眼，發現他正抱著琴盒，閉著眼，手指輕輕的動著，那應該是想像練習。當很純熟於某種技巧時，想像練習與實體練習有同樣的效果，這是科學已經驗證過的。

尚－雅克不確定他的情緒恢復了沒有，吃完甜點之後他就沒再多說過一句話，但那漂亮修長的手指卻沒有停過。

「到了嗎？」他睜開了眼，尚－雅克這才發現自己盯著他的手出了神。

「你到底是要去找誰——」

尚－雅克的話還沒問完，他就推開了車門，往普羅可布咖啡館的方向去了。

找到邋遢大叔的時候，他正窩在咖啡館內的某個角落，桌上散亂著被畫得亂七八糟的樂譜。在這個用電腦作曲的時代，他算是非常老派的音樂家，不過事後問他，他只說那天想轉換心情才用手寫。

「普羅可布咖啡館，我一直都好想來看一次。聽說拿破崙當年很窮，買不起咖啡，把帽子抵押在這裡了，不曉得閣下看過嗎？」

邋遢大叔聽到這位少年的聲音，咬著一根抹茶口味的pocky，微微抬頭，懶洋洋地掃了他一眼：「那件事我記得已經回絕過迪博拉了。」

他微微一笑，並沒有把邋遢大叔不友善的表現放在心上：「普羅可布咖啡館從上午開到深夜，但你總是在下午兩點的時候出現，大概是因為那個兩點半上工的女侍吧？如果跟她同時出現太明顯，比她晚到怕沒位子，因為她很受歡迎，所以你都挑這個時間——」

「啊！」邋遢大叔跳起來，慌忙收拾了桌上一堆樂譜，也顧不得還有沒收到的東西就拉著他離開了店內，「臭小鬼，給我過來！」

尚-雅克可以很明顯的看到少年離去前賊賊的笑容。

一直到了附近的巷道，邋遢大叔才放開了他，抓了抓後腦杓的頭髮，一臉不耐煩地說著：「我不是說過我最討厭小鬼了嗎！所以來找我也沒用！」

「阿爾弗雷得．夏爾．安托萬先生……」

「那個名字囉哩囉唆的，雖然我有被討厭的勇氣[10]，但是我討厭智力測驗[11]，叫我夏爾就可以。」邋遢大叔打斷他：「你回去吧，我不想收你。」

「我知道，」他居然理所當然的點點頭，「所以才要來說服你。」

「蛤？」夏爾聲音高八度，「你聽不懂人話嗎！我——」

「姑姑請了三十名來客，其中六名是小提琴家，三名指揮家，十二名樂評家，其他人應該是其他樂器的演奏者。我發現她看了你三次，看了另一名小提琴家兩次，其餘的她都沒反應。」

「等一下，你不是在拉琴？還注意得到這個！」所以那天他根本沒出全力？就拉成那樣？

「只是瞄了一眼而已。」他笑。「我想她最屬意的是你，但你拒絕了她，所以她只好退而求其次。說起來對那名小提琴家不好意思，但我想姑姑的本意可能也只是找他陪我練琴而已。」

可惡，這臭小鬼真的很不討喜！臭屁個什麼勁！

「既然有人陪你練琴了，那你何必來找我？」誰想陪公子練琴啊！

「我有不得不的理由。」燦亮的眸子盯住了夏爾，他很善用他的優勢：「夏爾先生參加過隆．提博國際小提琴比賽[12]，而這是我預定的賽程之一，在最終目標之前，我想用這個比賽測試實力到哪裡。」

「……等一下，你把隆・提博當成試水溫？」夏爾簡直要跳起來叫他不要小看比賽了！

相對於夏爾過激的反應，他那端顯得安閒而從容：

「因為隆・提博三年一次，有目標才會有方向。既然要參加就會全力以赴，我沒有小看過比賽。」

果然是初生之犢。

「我討厭你，自然也不可能拿出什麼真本事，你還要找我？」這小鬼算他聰明，因為他姑姑會找上門用的也是同樣理由：小鬼要參加隆・提博大賽，希望能讓他指導。

一般的小鬼不是都先從曼紐因[13]國際青少年小提琴大賽開始嗎？但也有像這種一開始就想讓自己先習慣成人比賽的緊張感的怪胎。

「喔，這我想過，」他不在意地笑笑：「心理學裡有種叫『微表情』，如果夏爾先生不在意『陪我練琴』，只要我拉錯音，或是有其他誤謬，不管怎麼樣，很難不做出任何表現吧？」

「你……」簡直滿滿的被他牽著鼻子走！的確音樂家最難忍受的就是音不準，要聽著他那亂七八糟的彈奏不做任何指導也完全不可能！這小鬼就是吃定這點了！

總要找個方式叫這臭小鬼知難而退……

「你帶了琴，就是要用琴來說服我是吧？」夏爾瞄了「莉娜」一眼。

「直接用琴是最快的途徑。」他沒否認。

「你說得沒錯。」乾脆就為難挑剔一下讓他知難而退好了。夏爾是這麼想的。「那就這樣，我們一人一首指定曲，然後就在巴黎街頭演奏，看誰掌聲熱烈……」

「……雖然我不太喜歡這種方式……蓋希文就是因為太出名才被拉威爾拒絕[14]……」他拿出琴，微調了幾個音，並撥了幾根弦：「不過夏爾先生都這麼說了，那就照你的說法吧。」

什麼意思？他是怕自己拉太好嗎！開什麼玩笑？簡直把人給瞧扁了，好歹自己也是小有名氣的演奏家耶！這小鬼會不會太囂張，太不知天高地厚了？不給他點顏色瞧瞧真的不行！

就讓自己好好來給這臭小鬼上一堂大人的社會課程！

夏爾姑且退到旁邊去等他出招。原以為他又會像上次拉起什麼很小品開胃的曲目，沒想到他開始拉起〈大黃蜂的飛行〉[15]。

〈大黃蜂〉的確也是非常需要技巧，尤其是在手指快速變動的時候，每個音要能拉得乾淨清楚，弓在弦上還能做出好的樂音而不是難以忍受的噪音。果然〈大黃蜂〉吸引了不少人的駐足，畢竟這是大家耳熟能詳的曲子。

一曲既罷，路人紛紛拍手叫安可或 bravo。

他把琴遞給夏爾，那雙漂亮的眼睛配上笑容真是萬惡，這小鬼長大後一定是禍水。夏爾一把將琴拿過來，也拉了一次〈大黃蜂的飛行〉，兩方掌聲熱烈不相上下。對夏爾而言，〈大黃蜂〉只是小菜一碟，誰不會拉？

果然是小鬼會選的曲目，看來趕人計畫可以順利了。

所以輪到夏爾出題的時候，他嘴角一勾，拉起了辛丁的〈a小調小提琴組曲〉[16]。

辛丁的〈a小調小提琴組曲〉是小提琴家拿來炫技跟練手速的曲目，不但速度要快，每個音還能清楚分明，且弓與弦要能配合得合宜，不然聽起來會像是初學者在鋸木頭，那神乎其技的手指舞動，及操縱琴弓的功力，只有技巧高明的演奏者才辦得到。

夏爾偷瞄了他一眼，發現他正專注地盯著夏爾的手指看，然而夏爾預期的那種苦惱或吃驚意外的神情卻一點都沒出現。

雖說辛丁也不是沒有少年組的在比賽拉過，但他的反應太鎮定了……難道是嚇傻了？還是他拉過？夏爾想著這樣的可能性，畢竟他那場非正式的演奏會也相當具有水準。然而就算拉過吧，一個少年的速度要能像他這種職業級又參加過大賽的人，拉得如此快又正確，還要技巧高明，恐怕也是難如登天。

夏爾把琴遞過去時，當然四周爆出熱烈的掌聲，這是超水準的演出。夏爾正心想贏定了。他拿起琴，深吸了一口氣，然後問：「所以，這場要到什麼樣的程度才能讓你點頭？」

小鬼應該沒把握了吧？剛剛果然是嚇傻了。夏爾暗自得意在心底。

「只要有人拍手就可以。」反正一定拉不好，大方一點又如何？夏爾很帥氣的說。

「是嗎？」他居然笑了，「那我就放心了。」

什麼？

夏爾還來不及反應，咬著的 pocky 就斷裂成兩半。

這小鬼！

他居然以不下於夏爾的速度拉起辛丁，行雲流水且完全沒有錯音，甚至連弓弦都搭配得相得益彰，每個音清楚分明乾淨俐落，手指優雅滑動不急不徐。

太、可、惡、了，這哪是個十六歲的少年會有的功力！

拉完了之後，四周爆出如雷掌聲，跟前場一樣，安可或 bravo 不停。

「雖然偷學了一點夏爾先生的指法，但還是好瘦。看來還是要再多練一下手部肌肉。」他苦著眉，不斷甩手。

夏爾只是無言地看著他：臭小鬼，剛剛居然是盯著他的指法！

「所以，可以收我了嗎？」他露出甜蜜——但夏爾覺得是可惡——的微笑：「『老師』！」

被、耍、了！

「你用〈大黃蜂〉釣我？」意識到自己被拐了的夏爾簡直想對他怒吼。

「不敢，」他無辜地說：「畢竟我再怎麼厲害，也不可能猜中夏爾先生會選什麼曲子啊！夏爾先生應該是隨機選曲的？」

「可是你明明就會拉那首……」對，沒錯，其實不能怪這臭小鬼，是聽到了〈大黃蜂〉就會想用辛丁一決高下，嚴格說起來他的確沒有……

真的沒有嗎？

夏爾還是覺得自己被耍了。

「那首只是剛好是我的練習曲，」他繼續一臉無辜到可惡地說著：「因為拉普通的練習曲實在太無趣了[17]，拉這個不是比較有挑戰性而且好玩多了嗎？」

誰會把辛丁當練習曲！看來只有這個小鬼才會這樣放話！

可是，輸了就是輸了，誰叫他輕敵？早知道這個小鬼不好惹，還是被挑起鬥意，踏入他的陷阱。

「所以我才討厭小鬼啊！」夏爾對空怒吼。

★

回程的路上，尚－雅克從照後鏡中看了他一眼，他正看著車窗外的街道，或許是完成了一項預定計畫，神情閒適許多，看起來也比較放鬆，不是原本沉重而陰鬱的神態。

「……夏爾先生說你在釣他，這是真的嗎？」尚－雅克忍不住要問。迪博拉所言：「你和他鬥智鬥輸了……」這句話是真的？

「你知道下棋？」少年清楚分明的聲音迴盪在車內，嘴角微微勾起：「本來就是一種要預測對手會怎麼移動棋子的大腦對決。夏爾先生有許多選擇，我只是在賭運氣而已。」

「真的只是運氣？」連知道對方是在普羅可布咖啡館等女侍也是？

「夏爾先生是一名厲害的小提琴家，有自己的專業跟堅持。我沒到達他想要的標準也不能說服他，我只是在替自己……又或者是替對方製造機會而已。」

替自己製造表現的機會，替對方製造認識自己的機會。

而，夏爾那種對自己有某種自傲或自尊的人，如果真的收了他，就會傾盡全力，並不像夏爾自己所說，不會拿出真本事。

「這就是『自信』嗎？」尚－雅克握緊了方向盤。

少年找的或許不是「老師」，而是挑戰的「對手」。

他收回投注在外的眸光，從照後鏡中與尚－雅克眼神交會，那雙眼眸太清澈，像是洞悉了些什麼。

「我沒有自信，只是做自己該做的事。」該做什麼就去做什麼，會有什麼結果則交給上帝。

尚－雅克沒再多說一詞，終於知道迪博拉所謂的「你照顧不來」真正的含意是什麼。

她原本的打算應該是替姪子找個退休的小提琴家的寄宿家庭，一邊陪他練琴一邊照顧他生活起居，雖然不見得預料得到最後他還是找上了夏爾，但至少有層保險在。

自己和這名少年完全不是同個水平……該說連想考入樂團都是個奢望。少年跟夏爾都是怪物階級的人，如果沒有到達那樣的程度要能進入樂團根本難如登天。也許教小朋友拉拉琴或業餘演奏之類的還可以，但如果要成為職業樂手……

迪博拉沒有拒絕的最大原因或許不是為了「無償」，而是要他看清楚現實。

因為這是個殘酷的世界。

殘酷而現實。

尚－雅克把他帶回住處，終究還是要讓公子吃飯，然後再送他回去。推開門，他的台籍女友從廚櫃那邊抬起頭，朝著他們展露笑顏：「喔，你們回來了？這就是你說的那名可愛的少年嗎？」

直接忽略「可愛」這個形容詞，他困惑地看了尷尬的尚－雅克一眼：「你妻子？」

「呃……不是……她……她是我女朋友……」好像被看到什麼不該看到的，但實際上根本也沒什麼好不能被知道的，只是莫名的感到很彆扭。

「哈囉！我叫艾瑪！」尚－雅克的女友揮了揮手，報出她的法文名字，又繼續忙碌。

「女朋友……」他把這三個字含在嘴裡念了一回，像是要確認什麼似的：「她住在這裡？那就是非法同居嗎？」

「蛤？」尚－雅克整個耳鳴。

「我以為合法同居是要結了婚才行。」巴黎的住處格局通常很窄小，一房一廳再放套廚具算是很寬敞，他總覺得是相當親密的人才能如此共享一個空間。

即便是與姑姑同住，他們也有各自的空間，所以很難想像要一同擠在狹小空間的感受。

「……你真的是生在現代嗎？」尚－雅克開始懷疑眼前這傢伙不曉得生在哪個年代，該不會是爸媽保護得太好，都不知道外面的世界長什麼樣子？難道說是對小提琴很有天分，對掌握人心亦很有一套，但是對戀愛之類的經驗完全是零吧？

「現代人有很多生存方式，我不見得跟別人一樣。」他只是單純陳述。

「話先說在前面，在法國是有『合法同居權』的，即使是同居也有法律保護。」尚－雅克覺得有必要說明。

「聽雅克說你不吃豬肉，你是回教徒？」此時，艾瑪拿了個托盤，端了三碗散發著超級香氣的麵食到桌邊：「快趁著麵還沒爛掉的時候吃！」

「出現了，台灣最好吃的美食——泡麵！」尚－雅克雙眼發亮，摩拳擦掌，一副準備大快朵頤的模樣。

「你不要誤導人家，台灣好吃的美食可多了！」艾瑪得意的回嘴，然後遞出筷子：「用過嗎？還是給你叉子？」

他知道東亞民族都用筷子，但是從來沒用過。從艾瑪手中接過筷子，然後問：「這要怎麼用？」

「你看喔，」艾瑪超開心又成功「教導」了一個「外國人」用筷子：「首先，要讓兩個尖端對齊……」

「她也是這樣拐我用筷子的。」尚－雅克端起麵碗，決定要趁著麵還沒爛之前趕快吃掉！雖然不打算跟這個人親近，但不得不說，泡麵真的很香！

端起麵碗時，他如此想著。

3

「不要給我扭來扭去！」

「可是，我看海飛茲拉的時候也是這樣啊……[18]」

「海飛茲……那就等你成了海飛茲再來扭，現在給我站好、重來一次！」

撇撇嘴，他只好很不情願地站直身體，又重頭拉了一次。

「琶音[19]！我講過多少次了！你不是很厲害嗎！拉那成那樣你自己聽得下去嗎！再來一次！」

過了沒幾個小節，夏爾又開始怒吼了：

「停！那是什麼音色！你是沒睡好還是昨晚熬夜打電動！手抽筋了嗎！再來一次！」

雖說夏爾的確沒「陪練」，但他也被電得很慘。

大部分的大賽都會將年齡定在三十歲以下，所以一般而言二十歲左右就會開始參加比賽，而小提琴大賽若不是兩年一輪就是四到五年一輪，等於三次沒選上就沒機會了。

參加大賽的基本曲目包括：巴赫無伴奏、帕格尼尼隨想曲、小提琴奏鳴曲、小提琴協奏曲、室內樂等，尤其是巴赫跟帕格尼尼以及小提琴協奏曲是所有大賽都會要求的曲目，在參賽之前將這幾首曲目練到能演奏出音樂性及個人風格，是非常重要的事情。

而〈第二十四號隨想曲〉[20]是基礎曲目，沒有人不會拉，大部分的小提琴家甚至從很小的時候就開始練了，他當然也不例外。

然而，在他開始練帕格尼尼的時候，也正巧是他家開始遭逢巨變的時候。他無法不把兩件事情連結在一起，只要聽見帕格尼尼的曲目，就會想起那個像是永遠不會停止的雨天。

那場雨持續不斷地……直落在他的心裡，他無法斬斷那樣的連結，以至於他聽見的不是樂曲的聲響，而是下雨的聲響。

「你有認真在拉？」陪著少爺來上課的尚－雅克從後視鏡看了他一眼問。

雖然練習室隔音很好，但尚－雅克還是聽得到夏爾的怒吼。

「很認真啊！」他看著車窗外的街景，語音有些輕忽：「感覺起來不認真嗎？」

「這……」尚－雅克有些為難，因為只能斷斷續續聽見小提琴聲，實際上如何卻不是這麼清楚分明。

只聽見他打開練習室的門時，夏爾丟出一句：「沒練好前我不想看到你！」

然後他就把門關上了。

從他的神情，看不出他的心情。

「我想直接回去。」他說。

「你不吃晚餐嗎？」尚－雅克只能被動的回應。雖然認知自己該做些什麼，卻不知道自己能做些什麼，所以，呈現當機的狀態。

「我會自己想辦法。」他在紅燈時打開了車門，不知去向。

他是因為被夏爾罵了所以心情不好想去散心？還是想做些轉換心情的事情？

或是想去逛逛街？畢竟他到法國來之後都是被人接送，或許也想自己認識一下街道？

可是有必要連飯都不吃嗎？

或只是想一個人靜一靜？

正當尚－雅克心煩意亂地思考這些問題的時候，車子也已經開到住處公寓前。

「喔，你今天好早？」艾瑪正好去超市買餐點回來，看見尚－雅克，有些意外地問著：「你老師的姪子呢？」

「他——」尚－雅克正在想該怎麼開口，就發現他把小提琴放在車上忘了帶走。

他幾乎不曾這樣，至少從相遇的那天起，他總是小心謹慎的，帶著他的「莉娜」。

雖然有時也會丟給「琴童」，但他會用一種充滿惡意、諧趣的口吻提醒那是先寄放在這裡的。

然而他下車時什麼都沒說，像是刻意的遺忘……

尚－雅克立即將車掉頭，對艾瑪丟下一句：「不用等我吃飯了。」就把車駛離了公寓門口。

自己到底在幹什麼？

琴明天再拿給他也一樣，反正他回去之後也不可能練琴，都這個時間了，他總不會打擾鄰居的睡眠。那麼，自己到底有什麼理由非現在把琴交給他不可？

可是，他離去前的反常模樣，真讓人放心不下！

自從認識那名星星少年之後，自己就一直追逐著這顆星星。

★

走進公用電話亭，拿起話筒，撥了「00」之後，按下國際代碼，也撥了地區號，要按自己家的電話號碼時，卻遲疑了。

他該說些什麼？又能說些什麼？試了幾次都無法按到最後，他略嫌大力地把話筒掛上，用力推開電話亭的門。

誰來接電話都好，他很想再聽聽他們的聲音，不管是爸爸、媽媽，甚至是弟弟……他很想他們，很想很想很想……

明知道一切回不到從前，只有他被遺留在過去。

抬起頭，宇宙在很遙遠的地方，在看不見星空的夜晚，聽著潮水般湧入的聲響，如此喧囂，卻如此孤寂。

沒有一個聲音，是他認得的，沒有一個方向，可以指引他回家的路。

他被遺棄在世界的邊緣，也許只差一步就會粉身碎骨。

他該把自己摔下懸崖嗎？

與世沉淪或許更輕鬆。

他轉身，向著塞納河的方向，起先是走著，然後，跑了起來。

猶太裔的德語詩人保羅．策蘭曾在塞納河投水自盡，如果這段路程無法改變想法，那就這樣結束吧！

這代表了，命運也認同他的選擇。

就這麼一次，他想丟掉一堆從小聽到的律法規條，順從自己的願望。那種姑且聽之的態度曾經讓自己很不以為然。

但是此時此刻，他是如此孤寂，被遺棄的感受太過深刻，痛苦太過難以承受，像是堆積了許久的情緒無法找到出口，唯有結束自己才能結束一切。

而那些責難，只是一根引爆的引信，炸開了所有的刻意忽視，和這段期間以來因失去及遺棄而產生的寂寞。

不知道經過了多少街道，也不曉得跑過了幾個區，只清楚知道向著河的方向，就能抵達要去的地方。

把自己推上了河邊的圍欄，望著離自己還有一段距離的橋，塞納河水波光瀲灩，倒映著萬家燈火，燃放了整座夜空。

看不見星子的夜晚，只剩下靜謐的月光。寂靜，卻美好。

深吸了一口微涼的空氣，閉上眼睛，直到聽見自己的心跳聲，靜待自己下定決心。

然而明明是眾聲喧譁，卻聽見了細微的、幾乎無法辨認的，小提琴的聲響，從空氣中、從風中，吹拂向他。

所有的聲浪都在瞬間退去，只能清楚明確地聽見小提琴的聲音。

噠、噠噠、噠噠嗯噠……喔這個他認得，是小時候拉過的小提琴練習曲，音不連貫，音色還很糟糕，聽起來就像在鋸木頭……

可是，卻很開心，興高采烈的。

手指輕輕地動了起來，完全是自己的意識，在心底腦海耳際延展成一幅圖像，只有自己聽得到其中的樂音。

「你在找這個？」

有人靠近了他。

他側頭，看到的是自己的琴。

再往上幾吋，看到的是一張略帶擔憂的臉。

「真虧你能找到這裡。」他笑。

尚－雅克沒說話。其實幾條街外就看見他了，星星總是如此耀眼奪目，輕易就能引起目光。

然而，沒有出聲喊他的原因，是曾有一瞬間，以為他會就這樣跳下河去，如同隕星。

當然這要重罰的，也做好心理準備若真有這樣的跡象要立即現身。

幸好後來並沒有這樣的事情發生，看來是擔心太多。

「我餓了，」他轉身，「這附近有吃的嗎？」

「我有認識的店家。」尚－雅克跟上他。

風吹過，空氣中飄盪著若有似無的小提琴聲響，噠、噠噠、噠噠嗯噠……

★

問他三個星期沒去見夏爾都在幹嘛，他會說：「我很認真的在練琴，然後也很認真的在上語言學校。」

誰叫老師說：「沒練好前不想看到你！」

所以，他很乖，不想惹老師生氣。

不管怎麼樣還是得克服心理障礙，帕格尼尼是基礎曲目這點並不會因為他的經歷而有所改變，他知道他遲早必須面對，要將雨聲換回樂聲。

而很奇妙的，從那個想要結束一切的夜晚之後，因為那個蹩腳的小提琴樂曲練習，讓他想起最初拉琴的快樂和投入。

睡了一覺起來之後，看見早晨的陽光，拉開窗簾，讓自己浸透在陽光裡，先前似乎過於龜縮在自己的世界裡，未曾仔細認真地看過這個世界的樣貌。而現在所經歷的一切只是生命中短暫的一小部分，他應該要好好探索這個世界，跳出某種自我設限。

首先必須克服的，就是他的心理障礙。帕格尼尼是基礎曲目是既定的事實，他必須要面對，讓樂曲歸樂曲，經歷歸經歷，且要轉換成生命的另一種形式。

而現在的自己，也許可以試著再和帕格尼尼相處一下。

於是，只好認真地上學，然後認真地拉琴，雖然大部分同學的名字他都不想記，但還是無可奈何地記得了。

「上次為什麼看到我就跑掉了？」美少女梅斯蒂看到他來上課後問著。

「喔，身體不舒服。」他編了個善意的謊言。雖說那時是生理上的反感反應，要說成是不舒服也沒錯。

「嗯……你看起來的確弱不禁風的。」梅斯蒂打量了他兩眼後說。

「關於這點我也很苦惱。」雖然還在成長期，但他會希望自己的手能再大一點。

「嘿，我對你還滿感興趣的，要不要交往看看？」美少女盯著他的臉好一陣後，突然說道。

「……『交往』是什麼？」還真是直接的說法，總之先裝死。

「……你沒交過？」美少女完全不相信。

「沒有。」他很誠實地回答。

「你看起來這麼受歡迎？」梅斯蒂一點都不相信。

「那是『看起來』吧？」實際上比較受歡迎的是他弟弟。

「噢，那我有榮幸可以成為第一個嗎？」真是個有挑戰性的類型，梅斯蒂有些興奮。

「呃……」面對這麼積極的攻勢，他還真有點不知道該怎麼應對。這麼說起來以前這種事情都是弟弟在應付的，難怪會被說成「很虛偽」，「可是我已經有『莉娜』了……」

「『莉娜』？」梅斯蒂停頓了一下，這位同學講話前後矛盾：「你剛不是說沒交過嗎？」

他摸了摸鼻梁，眼眸上眺。

「交往是不是基本上來講要跟喜歡的人在一起？」他問。

「我喜歡你啊！」梅斯蒂不認為這是問題。

「妳是喜歡我什麼地方？」他覺得有些為難。

他知道自己有點奇怪，他是以琴來衡量一個人的重要性。如果這個人沒辦法跟他的琴一樣引起他的興趣，他大概不會想跟對方有什麼進一步的關係。

雖說以心理學的角度來拆解，他這樣的反應也算是某種防衛機制。不過目前還不覺得需要處理，反而覺得複雜的人際關係比較讓他苦惱。

「喜歡一個人誰在管為什麼喜歡的？喜歡不就是喜歡了嗎？」梅斯蒂覺得他的問題很奇怪：「如果你硬是要一個答案，那我回答『臉』。」

但問題是，他最討厭的就是他的臉！

「我想我們應該可以先成為朋友？」印象中弟弟好像會這樣跟自己不是那麼喜歡的對象說：「等到認識彼此之後再更進一步？」

「不是要交往之後才會更認識彼此嗎！」這人跟一般認知不同，他是活在什麼時空裡？

「可我現在對交往不感興趣……」他只想先把琴拉好，該說在大賽結束前也無心去想這些。

「你是 gay ？」

這是什麼武斷的結論？但他懶得解釋了。

「好吧，朋友就朋友。」不管對方接不接受，梅斯蒂總有自己的想法，反正在一起久了，別人也會默認這是她的男人。「當朋友總可以先交換聯絡方式吧？」

「我來上課為了專心不帶手機。」他去夏爾那也不會帶，該說聯絡的這件事有人會幫他做，他只要帶琴就好。

「……你真的好奇葩，現代人誰不帶手機啊！」梅斯蒂快速地寫下一個帳號名稱：「你這樣跟社會脫節不行喔，記得去下載這個軟體申請個帳號，然後登入找我。」

他看了一眼紙條，然後問：「為什麼非得下載這個不可？」老實說其實他很討厭在手機裡裝些有的沒的奇怪軟體。

「我不是說了嗎？你跟社會太脫節，」梅斯蒂理所當然地對他說：「這是最近很夯的手機遊戲，我要帶你見見世面！」

嗯，他被當成鄉巴佬了！

★

「有什麼方法可以把臉遮起來的嗎？」

吃晚餐的時候，他發出了這樣的疑問。

「遮臉？」尚－雅克跟艾瑪彼此對看了一眼，然後問：「你指的是……」

「什麼都可以，就是不要讓臉這麼顯眼。」老實說他對於梅斯蒂喜歡他的臉這件事很感冒。同樣的名字，即使不同人，還是讓他很不舒服。那句「喜歡臉」會讓他有不好的連結。

「有人批評了你的長相嗎？」艾瑪想，難道是因為青春期對於外表很敏感？

「不，正好相反。」但他懶得解釋。

所以是因為有人覺得他長得帥所以要遮臉？這是什麼邏輯？

艾瑪再次看了尚－雅克一眼，尚－雅克大概能明白艾瑪的眼神是：「這是你老師的姪子你自己看著辦！」的意味。

「啊……這麼說起來你到巴黎之後還沒到處逛逛吧！」尚－雅克終於知道自己可以為他做什麼了——解決他現在想要解決的問題！「這個週末我帶你去找你想要的『遮臉』器具如何？」

「也是個辦法。」他表示認同，接著看了艾瑪一眼。「妳那天有預定嗎？」

「咦？我嗎？」艾瑪有些意外他會指名她，於是看了尚－雅克一眼。

他點點頭，然後問：「妳也去嗎？」

「你不介意的話……」這小孩實在有點神奇，讓人摸不著頭緒。

「為什麼要介意？」他一臉莫名，就事論事地說：「也許可以多點意見。」

於是就敲定了週末去九區逛逛百貨公司[21]。尚－雅克似乎滿開心的，還問了要不要順便去遊塞納河，艾瑪立即給了個白眼：「不知情的人還以為你要去約會。」

「大概是因為有妳在才會覺得要去約會。」他很直覺的順口應著。

艾瑪沒回答這個問題，因為尚－雅克跟她出去才不會這麼高興，反倒很不情願的樣子，一點都沒有法國男人的浪漫。

尚－雅克乖乖吃飯沒有加入話題，這種話怎麼回都不對，還是閉嘴吧！

或許因為是時尚的巴黎，法國人對於衣著、飾品及香水都非常講究，穿衣一定要配飾品，且將香水視為取悅伴侶的一種途徑，個人的浴室一定會有好幾款的香水。

但他要拉琴，身上掛這些東西會感到很拘束，除了手錶沒有多餘的飾品，直到後來也是如此。就因為只有一樣，所以他對手錶很講究。

「這樣真的就好了嗎？」尚－雅克發現他只選了粗框眼鏡「遮臉」時還有點意外，這麼簡單的東西他一開始沒想到嗎？

「如果可以我很想選魅影的面具。」他拿起一旁的半面面具放在自己臉上：「但這樣做這會更顯眼。」於是又放回去。

「這倒是。」如果今天有哪個人戴著面具走進教室，不成為注目的焦點才怪，眼鏡的確是個很正常又普通的東西。「但是為什麼想把臉遮起來？」

他沒有回答，而臉上的神情也足以讓尚－雅克不再追問。

吃完午餐，選完了物品就去遊河了。

巴黎許多有名的觀光景點都是塞納河沿岸的風景，不論是巴黎鐵塔、巴黎聖母院、羅浮宮、奧賽美術館……這條河承載著歷史和記憶，或是只有這條河才知道的祕密和真相，穿過巴黎市中心，向著英吉利海峽而去。

他想也許哪天該去看看萊茵河，是否像華格納所說的那樣閃閃發亮，像是藏著黃金。

或許，暫時還有一些可以做，或是想做，或是不得不做的事情。

望著在遠方隱去的聖母院，他在心中暗暗地想著。

★

曾經聽到艾瑪偷偷問尚－雅克：「你老師的姪子是個『提琴宅』嗎？」

那個「宅」[22]他不太懂是什麼意思，尚－雅克顯然也不太懂，然後他女友繼續解釋：「就是除了拉琴以外，對其他事情都不感興趣的人啦！社交什麼的也都不太理會，只活在自己世界裡的人。」

喔，原來別人是這樣看待他的，雖然他無所謂就是。

首先，他會來巴黎就是為了拉琴，至少對姑姑而言是這樣，所以這沒問題。

再來，沒必要他的確不喜歡社交，並不代表他不會。過去這樣的角色的確都讓弟弟去做了，而弟弟也很樂意跟人互動。現在沒有了弟弟，沒人擋在他前面，雖然很麻煩，他也必須自己面對。

最後，他只是為了專心做一件事，摒除了其他的事情而已，若要說這就叫活在自己的世界裡，那就得衡量是為了什麼目標在進行這些活動了。如果為了大賽，這也是莫可奈何的事情。再不去找夏爾，他就要被開除了，現在對他而言最重要的也只有這件事而已。

所以，當梅斯蒂又來問他：「上次我跟你說的遊戲你開始玩了嗎？」

他只能很無奈地說：「還沒。」

他忙著克服自己的心理障礙，哪有時間玩遊戲？

「為什麼？你不玩手遊的嗎？」梅斯蒂睜大了眼睛，不可思議地問著。

「不玩的人應該很多吧？」全球有七十億人口呢！他相信第三世界跟非洲很多地區的人應該都不玩才對，忙著活下去都來不及了。

可能他對梅斯蒂的態度太過冷淡，梅斯蒂咬咬下唇，眼眶泛紅地走開了。他不太懂為什麼她要那麼難過，但又有種：如果她能因此就遠離他似乎也不錯……的想法。

然而下課之後有人把他拖去校園的角落，數了數大概三個，將他用力摔在牆上：「猶太佬，你惹哭了梅斯蒂小姐，知道會有什麼下場嗎？」

「這年頭還流行這種戲碼？」他喃喃自語，並不期待有誰回答。

他是招惹校園偶像了還是什麼的嗎？不過，他很討厭別人用輕蔑的口吻喊這個詞。

他身上的確有猶太血統，但從外觀幾乎很難分辨，嚴格說起來也不能算是猶太人，他並不符合成為猶太人的兩個條件：母系血統是猶太人，及他家並不是猶太教。

那麼這些人是怎麼知道的？

「你最好跟梅斯蒂小姐道歉，不然就等著被分屍之後丟在巴黎街頭吧！」對方將他的衣領一把拎起，惡狠狠地威脅，他再次感覺到自己再不長高實在不太行。

「你是學生嗎？」他居然反問。

「蛤？」明明他們是來威脅他的，結果他居然一臉呆萌地問著。

「你們看我這麼瘦弱，能違背你們的命令嗎？」他很認真地再問。

對方打量了他兩眼：「是不能。」

「這就對了，所以你們的要求……跟你們大小姐道歉？這件事一點都不難，那我可以離開了嗎？」他繼續無害地問著。

「知道怕就好！」

怕？他不是怕，而是在還沒去上課前不能弄傷手，所以，不想跟這群人起衝突，「暫時」。現在沒有多餘的精力處理這些問題，幸好他的外表看起來無害又弱小，稍微能讓人失去戒心。雖然後來就超過一百八，有好也有壞。好處就是手變大，壞處就是……不能再裝弱了。

對方正要放開他，旁邊就有人出聲了。

「可是我們小姐對你很感興趣，」蓄著一頭亂髮，下巴還有鬍渣的男子靠近了他：「如果你對她態度不好，我們也是會很想找你出來談心的。」

「……從剛才開始你們就叫她大小姐大小姐的……」他停頓了一下：「你們是親衛隊還是什麼的嗎？」

「猶太佬，這種事情你就不必多問，」對方拿出小刀，在他下巴附近晃來晃去：「只要知道不乖乖聽話會有什麼下場就好。」

「喔……」怒極反笑，「我知道了，還有其他的事情嗎？」

就在對方收起小刀，他轉身要離開之時，對方將小刀射中他旁邊的牆壁，從他背後發聲：「別想玩什麼花樣，我們會好好看著你。」

他轉身，與對方正眼對望，露出甜蜜的微笑：「放心，我會給你們三次機會。」

不再回頭，離開。

「什麼三次機會？」其他人面面相覷。

只有與他正眼對望的那個人知道，他說的是「猶太佬」這個稱呼。

「有趣，就讓我看看你能變出什麼把戲。」那麼弱不禁風的身軀，就不信還能做些什麼！

4

從那天之後，他就沒去語言學校，把自己關在住處練了五天的琴。

「他今天又沒去？」艾瑪訝異地問著。

「我去敲門沒人回應，不過確定他在家。」因為屋內有小提琴聲，他只是沒應門而已。

「你老師知道嗎？」

「她說：別管他。」

「蛤？」艾瑪愣了一下：「你老師是不是認為只要他會練琴不管怎麼樣都無所謂啊？」

感覺起來的確如此，老師自己沒小孩，大概對姪子也不是很懂要怎麼照顧吧。而且他的狀況確實也很反常，從那個晚上起就是這樣……

那個幾乎以為他會消失的夜晚……

「我出門一下。」尚－雅克突然有點擔心，匆匆對艾瑪丟下一句話就離開了。

艾瑪先是微微蹙眉，然後聳聳肩。

好吧，那孩子的確有種獨特的氣質，可以理解尚－雅克那種偶像崇拜的心理，或許就是「自己所缺乏或失去的那部分在別人身上顯現出來」的感覺吧？因為自己想要的東西在別人身上，所以會被對方身上的那個部分所吸引……

嗯，或許可以加上最近台灣網路文化很流行的：「像極了愛情」。

「不過那孩子真有這麼厲害嗎？」艾瑪有些疑惑。

就她看來，也不過只是個提琴宅罷了！

尚－雅克到了老師家之後，用力按了幾聲電鈴，但是沒人回應，接著他又敲了幾次門板，也沒有回應。他靠近厚重的門扉聽不見裡面傳出聲響，只好衝下樓找到管理員，問清楚這戶人家有沒有出門。

「喔……六樓……現在是個少年在住嘛，好像沒看到他出門喔！」

於是只好請管理員上樓去開門。

結果看到他趴倒在沙發上，手上還拿著琴。

「他姑姑練琴也會這樣呢……」有時鄰居聽不到小提琴聲了，跑去叫管理員來開門，就怕隔壁變成凶宅。

所以，比起來，有聲勝無聲啊！

管理員搖搖頭，就離開了。

尚－雅克無奈地看著奄奄一息地倒在沙發上的人，走到他身旁問著：「要吃什麼？」

「……牛排。」他氣若游絲地說著。

「你知道好幾天沒吃飯不能吃這種不好消化的東西嗎？」多虧了那個學甜點跟料理的女友，尚－雅克多少懂點營養學，畢竟艾瑪也會叨念他。

他嘀咕了幾聲，尚－雅克沒聽清楚。

「走吧！」尚－雅克從沙發上將他抄起，「去吃飯。」

「你確定要這樣下樓？」意識瞬間清醒，現在這狀況是不是叫「公主抱」？

「你可以走？」尚－雅克困惑地問著。

「我沒這麼虛弱。」被男人抱一點都不開心，他回答得有點冷。

再次證實，再不長壯一點真的不行啦！

吃完飯之後，他問尚－雅克哪裡有修弓的地方。尚－雅克想起他這幾天大概也把弓毛折磨到不成樣，於是帶他到音樂院學生很常去的地方。但是他看了幾把弓之後都不太滿意，於是打電話給迪博拉姑姑。

幸好姑姑正在休息時間，電話沒響幾聲就接起來了。

「你感覺起來是在問我吉德弓等級[23]的弓要在哪裡找。」迪博拉說。

吉德弓是小提琴大師海飛茲的愛弓。而這小鬼還不是大師等級，居然就開口要了這麼昂貴的東西。如果真要用吉德弓，那琴也該是史特拉底瓦里等級[24]的才能相得益彰。

「如果我是這個意思呢？」他也沒有否認。

一把好的弓能引出琴真正的音色，雖然也要看演奏家操持的技巧，但有時候，弓的影響遠比琴還要來得深遠。就連海飛茲也跟學生說過：「弓在演奏上比琴還更重要。」

「我回去的時候會帶把新的弓給你，如果你是現在要用的，那就先去我的琴房拿吧！」

「在音樂院？」

「雅克會帶你去。」

隔天他就去夏爾那裡了，夏爾正上完一個學生的指導課程，那名學生看見他立即把琴收拾好離開了琴房，夏爾咬著他的pocky，看著站在門口的他：

「你只有一次機會，如果我不滿意，你就不用再來了。」

「如果無法讓你滿意，我今天來也沒有意義。」他說。
「那就不要浪費彼此的時間，」夏爾說：「開始吧！」
他關上了琴房的門，把琴架上肩膀，拿出弓，然後調音。
「你換了弓？」夏爾聽得出聲音不太一樣。
「足以代表我的慎重。」他淡漠地說著。
「希望你演奏出來的音樂跟你的慎重相符。」夏爾的毒舌倒是一分沒少。
他只是笑，也不是很在意。
〈第二十四號隨想曲〉是帕格尼尼隨想曲中的最後一首，也是最有名的一首，號稱最難獨奏的曲目之一，包括一個主題、十一個變奏以及一個結尾，需要很多高難度的技巧，尤其是在快速移位時還要能維持圓潤飽滿的音色。拉帕格尼尼所需的技巧中還包含高難度的運弓，尤其是拋弓要能掌握節奏，且左手快速撥奏的部分也堪稱一絕，須將音色處理到清楚分明且乾淨漂亮。
就在拉到即將接近尾奏的時候，他看到夏爾隻手按住了鼻梁的兩側，皺著眉，低下頭，不曉得在想什麼。
「……就說過我討厭小鬼！」拉完整首曲子之後，夏爾搔了搔後腦，嘖了一聲：「看來我要繼續忍受你到協奏曲完成了。」

「這算是稱讚嗎？」放下小提琴，他也沒什麼喜悅的情緒，感覺是理所當然。

拉得好是理所當然，拉不好是罪該萬死。

「這是你下個地獄的開始，我是不會手下留情的。」夏爾轉過身去，通知助理拿譜給他：

「你可以回去開始練琴了。」

★

當他主動找上門的時候，先前那幾名找他麻煩的販毒團伙正完成一次行動，在根據地點聚集，看到他的出現還很意外，因為他很找死的根本沒改變任何態度，對待「大小姐」的言行還是一樣。

「你是做好要被扔進塞納河的覺悟了嗎？」

撇去「怎麼找到他們」這點的驚異，對方對於他居然單槍匹馬上門發戰帖的作法，只覺得很找死，聰明一點的傢伙都不會這樣做。

這名猶太佬就是個家境不錯的少爺，在巴黎也不算有什麼厚重的背景，照理講應該是他要害怕，但沒想到他反倒化被動為主動。

「怎會？我是和平主義者，凡事能安穩地解決是最好的。」雙手背在身後，笑得像天使一樣，簡直天真到過了頭。

正當他們奇怪這少爺為什麼一副胸有成竹的模樣，就看見他背在身後的手伸了出來，晃動拎著的數位相機，然後說：「不好意思我跟在你們後面滿久的，可是你們太認真工作，好像都沒發現到我。」

「你……」原來被跟拍了，而他們居然不知道是什麼時候的事情！到底是方才幹的那筆，還是之前的交易？

蓄著一頭亂髮，下巴還有鬍渣的男子正想朝他揮拳，他靈巧地向後跳了一步，避開了攻擊。另外兩名也正要圍上前來時，他忽爾吐出一個名字，神祕的微笑讓對方停下手：

「胡安．卡洛斯，是你的名字對吧？」

「居然知道我的名字，算你有本事。」對方示意兩個小弟停止，瞇起了眼。「說，誰告訴你的？」

還以為這傢伙瘦弱怕事，沒想到還藏了一手。

「這也是我想問的，」他淺色的眸子狡黠地轉了轉，「為什麼你們會知道我是猶太裔？」

「以為我會這麼輕易告訴你？」胡安哼了一聲，彼此都握有對方想要情報的狀況下，勝負難分，先開口的就是輸家：「想要知道，就憑實力打敗我！」

「彼此彼此。」他笑容可掬，「我也正有此打算，今晚在殉道者街見吧！」

「你在打什麼主意？」雖然不是怕，直覺也會問。

「彼此憑實力讓對方答應條件，」他依然不改微笑：「我有想要的東西，你也有想要的東西，如果你真能贏了我，我會答應你先前提的條件。若不能，那就是你得答應我的條件了。」

「你以為你在跟誰說話？」這小子口氣不小。

「不試試看怎麼知道呢？」他只是安閒地笑了笑。

他那五天可不是只有狂拉琴而已呢！

「你沒想過我可以現在就要你的命？」胡安掏出了槍對準他：「死人就會安靜了。」

「你的確大可以這樣做，但我也不會就這樣單槍匹馬，對嗎？」他依然安閒地笑著，完全看不出有任何害怕的跡象。

「我要怎麼知道你不是在虛張聲勢？」胡安摸不清這小鬼的底細，他胸有成竹的樣子讓人無法分辨他的話是真是假。

「我們可以彼此賭命試試。」雖然是在笑著，但他的眼神很認真。

「哼哼哼哼哼……哈哈哈哈哈……」胡安先是悶笑，爾後狂笑，收起了槍：「有意思，希望你不會讓我太無聊！」

他微揚嘴角，沒再說什麼，轉身要離開之時，頭也未回地補了一句：「對了，相機裡面沒有記憶卡，所以，不用來搶相機了。」

「狡猾的猶太佬。」在他走遠後，胡安才吐出這句。

意思是他們如果敢輕舉妄動，他就會把記憶卡送到別處去。

算他聰明！

「怎麼辦？」兩名小弟問著。

「就算他真敢做什麼，我也會讓他後悔跟我們作對，最多，就是將他的屍體丟進塞納河。」

胡安冷冷一笑，不再說話。

★

如果知道自己有弱點該怎麼做？

是採取逃避不面對，抱著「不管了等到必須面對的時候再說吧！」的被動思維？或是「因為知道往後都得遇到這樣的問題，乾脆一次解決吧！」的把討厭的事情從此消除？

他選了後者。

雖然可以選擇前者，那也比較人性，但知道從今以後再也不會有人擋在前面、自己得學著去處理這些麻煩又瑣碎的事，不能抱著僥倖的心態去賭運氣這次到底能不能讓他逃過一劫，累積經驗值對他就變得十分重要，猶太教育的其中一項就是：「不能怕失敗」。

所以，他翻找了一堆能讓他在最快時間內習慣社交的可行辦法。

行為學派裡有一種稱之為「系統減敏」（systematic desensitization）及「洪水療法」（flooding therapy）的古典制約理論——用循序漸進式的方式去減緩對於所恐懼之事物的敏感度，或是用最強的刺激去降低對於所恐懼事物的焦慮反應。

行為學派被視為「將人類當成被動生物而不是主動思考應對者」，但對他而言要能達到最快效益恐怕就只有「大量去做某事」才能最快適應，不但要定時定量，而且還要能維持一段時間。

雖可怕，但有效。

「習慣」了之後，真的什麼都能接受了。

人類的性格是用習慣去堆積起來的，但命運卻是由性格造成的。

所以，有什麼樣的習慣，也等同於決定了會產生怎樣的命運。

他必須牢牢警戒這件事。

然而這件事的契機卻是因為跟拍的過程中以為自己是獵人，卻不知同時也是別人的獵物所造成的結果。

提到蒙馬特，由於觀光客眾多，扒手及勒索者也不少，算是出了名的治安混亂區。遇上扒手可能還算好，若是被勒索可能就很難解決。他單獨行動，再加上身形瘦弱，很容易成為下手的目標，所以就在他洋洋得意的以為自己勝券在握、手到擒來時，才意識到已經被盯了一段時間，而對方正等待他最鬆懈的時機要包圍上來。

他機警地轉身逃跑，但對方訓練有素，很快地逼近他，雖然不是體力不好，但他的確三餐不繼——只要沒有人餵食的話。

拐個彎進入了一條陌生的街道，沒命地向前奔跑，只求能甩開身後的追趕，然而太在意後方就會顧不及前方，然後就這樣撞上一堵肉牆，痛得他鼻子發紅，眼淚亂轉。

要說戴眼鏡有什麼不方便，大概就是撞擊的時候會承受二倍的疼痛了吧！因為鏡框還要再壓一次。而且這一撞實在不輕，他的鏡框已經歪掉了，而且壓得他眼眶出水。

「到此為止，在我的地盤上不准惹事。」

渾厚的重低音在頭頂響起，他來不及抬頭看發話者是誰，就聽到追趕他的人說：「只有這次，潘，只有這次。」

然後腳步聲就遠去了。

他正想道謝，就聽見對方說：

「聽到沒，小子，想要在這裡穿梭得練就一身本事，沒本事就不要在這裡亂晃。」

抬起頭，看到的果然也是十分高大，且有一身結實的肌肉，留著絡腮鬍的……壯漢。

拿下鏡框，揉著自己發疼的鼻梁，用著怪異的鼻音說：「謝謝提醒……我會注意……」不過對方在他拿下眼鏡之後，卻好奇地靠近他的臉看了好一陣子，讓他困惑不解地順著對方靠近的幅度向後拉開距離，警戒地問：「請問我的臉上有什麼嗎？」

「是你沒錯吧？之前在六區拉小提琴的？剛戴著眼鏡沒認出來，拿下之後就確定了……記得那時你身旁好像還有另一個男人？」壯漢大叔潘．皮耶確認了好一段時間之後摸著下巴，看著他問。

身旁還有一個男人聽起來怪怪的，不過對方指的應該是夏爾才對。

「如果是互飆拉琴速度的應該是我們沒錯。」後來才知道這個詞正確用法叫「尬琴」。

在音樂院時期，有個吹雙簧管的學長是台法混血，常常拿中文流行用語消遣或調侃他，激起他想學中文的想法。學了中文之後，只能說中文真是一個神奇的語言，什麼情況都能準確的找到切合的用語。

「喔，難怪我覺得你看起來很眼熟，」潘．皮耶直起身：「小子，有興趣在這裡工作嗎？」

「咦？」還真是突如其來的要求，饒是他這樣想裝老成的人也只能詫異地瞪大眼睛。

「老羅去旅行的時候把店交給我，要我幫他找個駐點樂師……既然遇到你，那就是你吧！」潘．皮耶哈哈大笑，看似省了一件事非常開心。

似乎有點輕率隨便，這樣真的可以嗎？感覺像是路上隨便拉個人來充數……雖然有點不以為然，但這人幫了自己，直接拒絕好像太不人道。

「可是我只會拉古典……」而且他還要準備大賽，要被知道跑來「不務正業」一定會被罵到狗血淋頭！

「練一練就會了吧！比起你們那種『古典』，或許拉給我們聽的還簡單得多。」潘．皮耶不太在意地說：「我們這裡好久沒音樂聲了，如果你願意接受，我可以確保你進出這裡不會有事。」

他有些為難……古典樂跟通俗音樂其實差很多，表現手法上也不一樣，如果太過習慣，搞不好會回不去。

然而對於現在的自己來講，跟人接觸是必要，訓練自己習慣聽眾也是必要，來巴黎之前他極少拉琴給家人以外的人聽……除了第一天被姑姑趕鴨子硬上架之外，雖然不是不能，但其實很排斥。

若是參加大賽的話，緊張感是加倍的吧？

他認為在大賽之前，夏爾應該會出其他招讓他適應壓力。畢竟夏爾也不想砸自己招牌。

「我考慮看看，」他妥協似地說著：「如果我想通了，會再來找你。」

然而人生其實是以許多的選擇堆砌出來的結果，無法預估會產生怎樣的結果，帶來什麼樣的影響和改變。

如何選擇，永遠是個冒險。

無法回頭，所以必須慎重。

在約定的時間，胡安出現了。

對方應該有備而來，所以他也只能採取同樣策略。

他帶了尚－雅克來。

「你到底是惹了什麼事？」尚－雅克知道自己要被找去應付一堆底細未明的人之後，對於他的結仇能力感到非常訝異。

「我就算不惹事也要拍掉飛到身上的火星屑。」他淡淡地說。

因為這火星有可能會燎原，還能把他一併燒成灰。

他的用詞太玄，尚－雅克聽不懂。

而胡安在看到尚－雅克之後只是打量了兩眼，然後輕蔑地勾勾嘴角：

「我來了，猶太佬，你有什麼都使出來吧！」

「這是第三次了，」從他臉上的笑看不出他內心的想法，就連他說話的口吻也無法判別：

「你會後悔說出這句話。」

這孩子有這麼深沉嗎？尚－雅克有些意外，雖然截至目前為止的確吃過他不少苦頭，既任性又難以捉摸，可是卻不知道他有如此銳利的一面，無法把他當成一個孩子。

事實上，除了他偶爾流露出的脆弱之外，大部分的時候，他看起來都很強大，簡直強大得讓人忘了他才十六歲……

「哦？我倒是很期待。」胡安說。

他微微一笑，拿出一副牌。

「猶太佬，你真的知道自己在幹什麼？」胡安看見他手中的物品簡直要大笑。

「既然彼此都有想要得到的東西，賭上命運也是應該。」他說。

「你對玩這個很拿手？」

「我沒跟別人玩過。」他說的是事實。

胡安爆出狂笑，用拇指比了比一臉不可置信地盯著他的尚－雅克：「所以你帶他來幫忙？」

「我想先自己試試看，所以……」他停頓了一下，「如果能讓他在我無法挽回劣勢的時候出手就好。」

尚－雅克扳過他的肩膀，簡直想對他怒吼：「你瘋了！你怎麼能這麼輕率的把自己當成賭注！」

「很刺激，對吧？」他不甚在意地笑了笑，但那口吻太淡漠，像是在述說旁人的事情。

尚－雅克的手停在原處，而失去了他的溫度。

因為太過事不關己，反倒顯得蒼涼。

「真不知道該稱讚你的無知，還是佩服你的勇氣，很好！」胡安雙眼發亮，果然不用太在意，這少爺就只是個尋找刺激的笨蛋，先前來下戰帖的懾人氣勢果然只是裝出來的：「希望你會遵守你的約定。」

「同樣的話我也奉還。」他淡笑地說。

規則和一般橋牌相似，每人十三張牌四人輪流各出一張為一輪，所以會進行十三輪，而每人出一張牌就稱之為「一磴」。前一磴牌的贏家就是下一輪的優先出牌者，而等到十三磴牌出完之後，牌局就結束，各自結算取得的磴數。

而橋牌遊戲中，對面的人是你的夥伴，南家與北家是一組，東家與西家是一組，如今牌桌上三個都是對方的人，只有他是孤軍奮戰，想當然耳不可能有什麼好的結果，牌局中段之後就能看見他那不改的笑臉漸漸失去弧線，而眉頭愈皺愈高。

說好要進行三局，然而他就快輸掉第二局了——

尚－雅克不明白他在想什麼，為什麼要把自己陷入這麼不利的情境中，假使一開始就讓自己上場不是很好嗎？雖說他橋牌可能打得也不是非常好，但總比一個完全不會的新手經驗來得豐富吧！

眼看著情勢愈來愈糟，無法顧慮正在進行的牌局，只能出聲阻止：「夠了吧？是不是該換人了？」

「你家主子都沒說話，你吠什麼？」胡安譏誚地看了尚－雅克一眼。

「什……」尚－雅克為之語塞。

原來自己看起來是跟班那類的人物嗎？好歹也應該算是「保護者」才對！雖然是代理的。

而他聽到胡安的話，只是停下手，半晌之後抬眼掃了對方一瞥：「第三局我想加倍。」

胡安把目光從尚－雅克身上收回，轉而投注在他身上，「既然你這麼找死，我也沒有拒絕的理由。」

「情勢對我如此不利，想要扳回一城是人之常情。」他的言詞合情合理，完全符合人性，尤其是輸愈大就會賭愈大的本性：「所以，把我對面的人換成他應該可以吧？」

尚－雅克有些詫異——原以為是自己要代替他上場，沒想到是他的同伴嗎？有種無法控制的、被認同的喜悅瞬間蔓延開來。

「你確定這小子就能幫你挽回局勢？」已經贏了兩局的胡安只覺得眼前的少爺天真到可笑，「很好，讓我驚奇吧，猶太佬。」

他倏地抬頭，銳利的眸光射向對方：「我會讓你為這個稱呼付出代價。」

「你憑什……」

胡安話還沒說完，他就接著繼續說下去：

「胡安．卡洛斯，同樣屬於西班牙系統的命名方式，既然稱梅斯蒂為『大小姐』，代表跟她家有什麼關聯，於是我趁著請假的時候去偷翻了一下梅斯蒂的個人資料，發現了驚人的祕密。」他看了胡安一眼：「照理講不應該會這樣，可是梅斯蒂居然沒有改換姓氏，可能是覺得來法國不會有人認得。於是，查了一陣她的姓氏後發現——」他放慢速度一個字一個字地說著：

「她父親是通緝中的毒販頭子。」

一聽見他說了關鍵字，胡安立即將槍對準了他的額際：「我可以在這裡轟掉你的腦袋，確保這個祕密不會被發現！」

「所以，你不想拿回有你販毒過程的記憶卡？」相較於胡安的焦躁，他簡直冷靜得過了頭：「我相信國際刑警……啊，不要扯上國際刑警好了，雖然他們只在里昂。我相信國家警察也很樂意從買賣的過程中認出你的身分，循線查到你家老闆。」

「那我只好轟掉他的腦袋來問你了。」胡安的槍轉而對準尚－雅克。

「他只有一顆頭，你用掉你唯一的籌碼就沒有籌碼可以對付我了，因為你需要我的答案。」他也只是實話實說，整個冷靜過了頭：「而且你在這裡開槍，能保證這附近的居民不會聽到嗎？這裡可是殉道者街，有什麼動靜，大家都會相互通報訊息。這間屋子的主人知道我約了什麼人，警方一樣很快就會找到你們。」看見胡安的臉色變了，他只是淡漠地說：「不然你認為我為何會選擇這裡？」

只是欠了人情就得還，是他覺得麻煩的地方。

「哼哼，」胡安手中的槍在指尖上轉了一圈，「可惜這裡只有我跟你，只要我的人不說出去，誰會知道事實的真相是什麼？」

「我本以為同一招不能騙倒你兩次，但好像還是讓我賭到了，或許是我運氣好。」他指著安置在牆上看起來像是裝飾品的畫，然後說：「我裝了攝影工具，你大可以朝鏡頭開槍，不過影像應該是不會受影響，因為我是直接連接老闆的通信裝置，請他在有異樣的時候幫我把檔案送給他認識的警方人員。」

胡安沉下臉，不語。於是他繼續道：

「所以，我們還是賭完最後一局吧！」在這樣的情勢之下，他居然露出了笑容，「一開始我就說過，我是和平主義者，只想平靜安穩的過日子，只要你不犯我，我就會繼續保守祕密——」他停頓了一下，笑容可掬地說：「應該是『你老闆』的祕密。不論何時，不論何地，如果我有什麼閃失，你一樣不會好過，希望你記住這點。」

他把牌丟在桌上，然後說：「現在，重新發牌吧！」

宰了他……胡安顫抖的手沒辦法洗牌，滿腦子只有：宰了他宰了他宰了他……如果被知道因為一時疏忽的關係而被人抓住了把柄，他一樣會被處決，尤其對方還知道了……

「要換人嗎？我看你連牌都拿不穩。」他不改笑意，從胡安手中接過牌：「其實你會來威脅我不是因為喜歡梅斯蒂嗎？」

胡安跳起來，瞪大眼睛看著他。

連這他都知道？

「梅斯蒂被當成籌碼要嫁給什麼人來交換她父親在法國的地盤吧？所以她很想找誰帶她遠走高飛……」他停頓了一下，「說實在話，我不太想當誰的王子去救公主，所以我幫你想了兩條路：第一個，回去之後你就帶著梅斯蒂逃亡。第二個——」他語出驚人地說：「或是你就殺掉梅斯蒂的父親取而代之。」

「不論哪一個，我的下場都只有死路一條！」帶著梅斯蒂逃亡的結果是被老大派人追殺，而殺掉老大取而代之會引發內部火拼，能不能繼續活下去都是個問題，更別提……

更別提……嗎？

就在胡安思索中，他把牌洗好了。

「可以開始第三局了嗎？」他問。

尚－雅克坐下之後，第三局就開始了。

由於前兩局他都輸了，所以第三局對方對於他想發牌這件事沒有意見。而也因著前兩局都輸了，到了第三局才期望救援投手上場，所以對方認定尚－雅克是狠角色而顧著盯他，所以……

「4A。」亮出手中的牌時，對方錯愕地盯著他天真的笑臉，就連尚－雅克都很驚愕。

「你……怎麼可能……」發現自己被騙的胡安大叫了起來：「所以前兩局你都在裝傻？」

「也不算是裝傻。」他微微勾著嘴角：「不如說前兩局我都在觀察你們發牌的習慣跟出牌的神情，以及相互間的信號，情報收集愈多對我愈有利。何況，我的外表很容易讓人掉以輕心，不好好利用一下怎麼對得起自己。」他向來很善於利用自己的優勢，隨即笑顏一斂，冷峻地盯著胡安：「但也可能是因為太想知道到底是誰說出我是猶太裔的身分。」

「是梅斯蒂小姐說的，」事到如今胡安覺得僵持也沒什麼意義，很乾脆地說出真相：「她說她在遊戲裡認識的人告訴她——你是個猶太少年。」

「遊戲……」他沉下臉問：「Blue Whale？」

擱淺的藍鯨。

5

回程的路上，尚－雅克從後視鏡看著托腮望向車窗外的他，忍不住問：「你真的沒跟別人玩過橋牌？」

「沒跟家人以外的人玩過。」橋牌是世界智力比賽項目，爸爸回來會找他們玩，他跟弟弟也會玩，還會笑鬧著說這是「一人分飾兩角」。

和家人玩跟和外人玩是不同的，何況這是「賭博」，不是「玩耍」。

「所以，打從一開始，你就沒想過要依賴我吧？」還以為自己被當成夥伴，但其實後來所有的碰數都是他贏了，而自己只是達成「不拖後腿」的程度。

也無怪後來胡安拿起槍來對著他說：「你知道嗎？我真應該要殺了你！」

他在第三局開始的那一連串發言，造成對方很大的精神壓力。

所有的情勢，都操縱在他手上。

但他才十六歲！怎麼能一個人背負這麼多？為什麼不找個大人商量？

他收回投注在窗外的街景，和尚－雅克的眼神在後視鏡中交會。

「我很感謝你啊，因為沒有你贏的碰數也無法達成最後的勝利。」他不算違心背意，也算是心懷感激。

「不是這個意思，」尚－雅克想起胡安認為自己把這人當成是主人，但他卻完全沒有反駁，再加上對方威脅要轟掉自己腦袋的時候，他也完全沒有反應。根本不知道他今天是來做這些事，幾乎是走錯一步就會把兩個人都推向死亡，像白痴一樣被耍得團團轉：「難道你不應該先跟我商量這些事情嗎！」

「商量？為什麼？」他的莫明所以不像是裝出來的：「你能做什麼？」

而且他還必須確保這人的性命不會因此而受到影響，整個過程中他都小心翼翼，如果過度驚慌，就會被對方抓住要害。

所以，不能表現出任何怯弱的樣子。

但帶這人來是確保自己在最後能穩操勝算，即便知道不可能出錯，也還是不敢掉以輕心，所有的策略都是經過精心算計，即使是走鋼索也不會墜落，才敢將他人牽扯進來。

「我……」尚－雅克為之語塞。

然而因為是事實，所以更形傷人。

「我可以報警……」尚－雅克試圖拿出大人會解決問題的方式。

「你以為我沒想過？」他很有耐性地分析條理：「可那是毒販的手下，你認為報案讓他們被警察逮住，他們的同夥不會來尋仇？當然也可以選擇找惹出這些事的人談判，但最後我決定直接找這些人解決問題，因為找惹事的人談沒用，如果有用，她也不會一直纏著我不放。所以，找這些自作主張的人，把問題丟回去才是最根本的作法。我只想平靜安穩的過日子，沒道理還要解決後續一堆麻煩。」

這根本是一場無妄之災，就像明明是別人抽菸，彈出的菸灰卻夾帶火星屑飛到他身上，為了避免火燒起來，他只能趕快想辦法結束這一切。

「說到底，你就是沒辦法信任我！」話一出口，尚－雅克愣住了。為什麼自己會說出這種話？他的信任對自己來說很重要嗎？

他只能沉默，無法否認。

「我無法相信任何人。」所以只能靠自己強大。

被弟弟憎恨，被母親忽視，被父親厭棄，被親近的姑姑當成工具……眾叛親離的他到底能信任誰？

他只剩下自己。

車子的引擎聲止息於深深的黑夜，尚－雅克默默地打開了車門，於是，他下了車。

「明天開始，我想請假一段時間。」尚－雅克說完，就駛入了無盡的暗夜之中。

★

隆．提博大賽中規定要參賽必須先通過資格審查，而審查標準為七分鐘的演奏錄音，曲目為易沙意的〈第六號E大調奏鳴曲〉[25]。雖然還有一段時間，但夏爾把這當成要進入協奏曲之前的基準：

「連資格審查都沒通過談什麼比賽！」

然後，果如夏爾所說，他又開始了練琴的地獄。

練琴之中的喘息，大概就是乖乖去殉道者街「還人情」了吧？

正如潘．皮耶所說，有點本事的人才能在這裡來去自如，他就這樣學會了如何防身的本領。

「有溫柔的防身術嗎？」他知道這是不合理要求，不過還是問了。

「溫柔的防身術……你這用詞還真有趣。」潘・皮耶摸著下巴思索了一下：「是聽說過音樂家很忌諱弄傷手……嘛，我也不希望你斷手殘腳，這樣我的駐點樂師又沒著落了。」完全出於現實考量：「溫柔的防身術啊……那就得看你想要會傷人之術還是不會傷人之術了。」

「有不傷人也不傷己的防身方式？」他還是頭次聽說。

「日本的『合氣道』，便是不以蠻力制服對手，將攻擊化為無形，甚至還能把對手的攻擊力道反轉為自己所用的武術。」

「有這麼神奇的武術？」他非常感興趣地雙眼一亮。聽起來挺符合自己的性格，或許很適合自己也說不定。

「防身的話的確這樣就夠了，但若想達到武力攻擊……」潘・皮耶打量了他兩眼：「那你還是得暴力一點！」

「我這個樣子也暴力不起來吧！」他也只是就事論事。

「知道了，」潘・皮耶不曉得是參透什麼宇宙奧祕：「大叔我就負責把你餵肥！看我的身材就知道我家老婆子有多會養豬！」

豬養肥了就是要宰來吃的，他感到一陣惡寒。

「不過潘叔，你真的是因為路過剛好聽到，就找我來駐點嗎？」

後來他所擔心的事情並沒有發生，不會有「能不能回去拉古典」的疑慮，不如說因為大家都熱情的給予正面迴響，反而令他有種「就算停在這裡好像也不壞」的感受。

他要擔心的是……自己會不會待在這裡太過舒適，而不想再去挑戰困難了。

「喔……路過剛好聽見也是原因之一……」潘．皮耶看著他：「不過小子，雖然拉琴的你看起來意氣風發，但只要不拉琴，你看起來……很徬徨，像迷路的小孩。」

「像迷路的小孩」狠狠地敲中了他。

談話只能到這裡，因為後來有人跑進店內，打斷了他們的對話，「上次來你這裡的人的屍體被發現浮在塞納河上。」

「我這裡進出的客人這麼多，你在講哪一個？」潘．皮耶開的是餐廳，雖然有些客群是慕名而來的觀光客，但其中也不少是熟客。

來通報的人看了他一眼，他立即反應過來。

「是那個蓄著鬍渣然後頂著一頭亂髮的人？」是胡安？但為什麼……

不，他老早發覺到不對勁，先是他和胡安賽完橋牌的那天之後，梅斯蒂就沒再出現在語言學校，所以他沒問到ＩＤ，原本還以為是胡安當晚就帶著梅斯蒂私奔了，沒想到……

對方點點頭，接著又說：「警方現在好像在調查他生前最後見到的人，可能會查到這裡來。」

「我在不在你們都可以作證啊，」潘．皮耶對他眨了個眼睛：「是吧？」意思很明顯，大叔會罩他。

然而他擔心的卻不是這件事。

蹙起眉峰，他冷肅地說著：「我想看看屍體。」

「剛剛還在河邊，但可能已經移走了，」來通報的人說：「不過你想看，我就開車載你過去吧！」

「謝謝！」殉道者街就是一條這麼溫暖的街道，雖然他是誤闖，但或許迷個路，也能擁有不同的風景。

似乎能明白潘叔所想要說的，正因為他看起來像是迷路的小孩，於是，才被帶到了這裡。

而多年以後，某人也因為迷路才闖入了他的世界，不知道這是宿命的巧合，還是命運的捉弄。

★

從十八區要衝到河邊的確是不算短的一段距離，他只能沿途問了一些想知道的細節，跟現場的狀況。但對方說他只是路過聽見警察的對話就驅車奔回，並沒有看得很仔細。

「你好像小偵探。」對方如此結論。

到達現場之後，屍體已經被運走，現場被警戒線圍住，就連聚集的人潮都散得差不多了，只剩下零星的幾個遊騎警跟記者還在拍照。

他下了車，看見沿著河堤旁都圍了起來，才想要快步越過警戒線去看現場一眼，就被人拉住手臂。

「連船隻都被禁止經過這裡了，你最好還是不要過去。」

他側頭，乍見一個比他高出半個頭，滿頭白髮且紅眼的年輕白人，應該比他大上兩三歲，正猜測是不是白子，就發現其實對方是戴著有顏色的隱形眼鏡，鼻梁上還掛著一副金邊眼鏡，看起來斯文有氣質，就像是上流社會的少爺。

因為這造型實在太搶眼，他停住腳步，疑惑地問：「為什麼要裝成白子？」

對方一愣，還來不及回答什麼，就聽見開車載他來的人喊他：「少年，警方特別允許你去看現場了，回去好好謝謝潘吧！」

對方於是放開他，他就離開了。

「如果有機會再見面，我會告訴你的，」對方望著他離開的背影，「『星星』。」

★

「大家都是潘老闆的客人，潘老闆一聲令下誰敢不聽？所以只能允許你靠近一點……至少比一般民眾近啦！」留守的遊騎警說。

「反正都有距離，我可以拍照嗎？」他就不客氣地問了。

「現在的小孩都流行玩偵探遊戲嗎？」對方摸摸下巴：「剛剛的年輕人也問了同樣的事情。」

「剛剛的年輕人？」他停頓了一下，「把自己裝成白子的？」

「咦？原來是裝的嗎？」因為民眾實在太多，也無法仔細分辨，如果不是那頭搶眼的白髮，可能也不會有什麼印象。

「白子白天不能出門，因為缺乏黑色素，很容易受到光害，在其他國家有『月亮的小孩』

的稱呼，就知道他們是晚上才能活動。」感覺起來有點像吸血鬼，但並不是：「所以那個人拍了什麼？應該不是現場的照片？」

「他說想拍屍體，當然被拒絕了，開什麼玩笑，就算不是未成年，警方也不會隨便讓屍體照到處流傳啊！」

那個人想拍屍體？是跟自己一樣想知道到底發生什麼事了嗎？

可是不對，他是因為胡安前幾天才跟自己接觸過卻死了才會感到不安，那個人又是因為什麼？

「可是我也想看屍體？」他試探性地問著。

遊騎警皺眉看了他好一會，然後又看了開車送他來的人一眼。只見那人雙手一攤表示無奈，遊騎警只好說：

「你想直接看到屍體是不可能的，而我們這裡也沒照片，司法鑑識的人員一起帶走了，你說說看你想知道什麼，我盡可能回答，這樣可以嗎？」

「那麼，死亡時間是什麼時候？」

「初步推斷應該是昨夜凌晨。」

「三十五個小時前？」他立即追問。

「看屍體腫脹的程度是這樣，但詳細還是得等到報告出來。」遊騎警也只知道這麼多。

「死因呢？」

「看起來像是自殺，但鑑識人員還在排除中。」

「自殺？」不可能……這絕對不可能，如果胡安想帶著梅斯蒂私奔，自殺根本不可能成立。

「少年，你知道『藍鯨遊戲』吧？現在網路社群中流行的教唆自殺遊戲。」

瞬間有些暈眩，那種如同溺水不能呼吸的窒息感又開始湧起。

「知道……」他不可能不知道！

「屍體被發現的時候，手臂內側被刻了藍鯨圖案……不過他的年紀有點超過預定範圍，死者至少超過二十五、六了，所以也很難說是不是……喂，你還好吧！喂……」

後面的聲音全部糊成一團，意識離他遠去，像是在海洋中載浮載沉，或許下一刻……就會墜入深淵，直至滅頂！

如今我如一尾藍鯨擱淺

掙扎呼吸，卻奪路失源

「這世界上不需要兩個相同的存在。」

★

曾經，他以為他們是這個世界上最親密的存在。

自渾沌的初始，自太初的起源，他們本為一。

然而，他一直以為存在的，其實並不存在。

弟弟小時候就很聰明，常常問些奇怪的問題，他反倒呆呆的，懵懵懂懂又憨直。

「我覺得不公平，」還記得弟弟曾經這樣說過：「為什麼只有頭生的才是長子？明明我跟恆星差不到三分鐘！」

弟弟從來不叫他哥哥，他不認為他們是「兄弟」。不是因為否認他們是有血緣的手足，而是弟弟不甘願被當成「弟弟」。

「那三分鐘是宇宙中不可逆的自然律，是無法被推翻的唷！」雖然雙親是這樣回答的，但弟弟還是無法接受。

這種事情他就沒想過，因為時間只對受時間限制的生物有制約能力，若超越時間的生物或許就不必在意這件事了……雖說不受時間限制的生物是否真的認為時間不存在，那又超過他的理解。

總之，生在猶太家庭，最常聽到的絕對是《聖經》故事，雖然還有其他的如《妥拉》或《塔木德》，不過……只知道所有的《聖經》故事中，他最討厭以掃跟雅各的故事。[26]以掃的爸爸愛以掃，雅各的媽媽愛雅各，簡直就是他們家的翻版。

而以掃跟雅各偏偏又是雙生子。

五歲聽到這個故事的時候，還沒什麼「偏心」的概念，但是他覺得：「為什麼哥哥是笨蛋？如果我是他，才不會做這種出賣長子名分的事情！而且只因為一碗湯！他腦袋裡只有水嗎！」

「你就是笨蛋！跟這個哥哥一樣！」弟弟回得理所當然，向來把他當成笨蛋，卻也討厭這個故事：「雅各的爸爸不公平！居然想瞞著雅各把祝福偷偷給哥哥！」

「才沒有偷！」對於自己被說成笨蛋實在不高興，他只能大聲抗議。「那不是本來就是——」

「明明就是偷偷的，不然幹嘛不給雅各知道？大家憑實力競爭嘛！」弟弟才不管那些規則，立即打斷他。

「你們兩個……」說故事的媽媽無奈到青筋暴露，只想痛打他們的屁股：「這故事的重點是這個嗎！」

「就是這個！」兩兄弟異口同聲的，還理直氣壯。

「畫錯重點的習性倒是一模一樣，兩個都是笨蛋！」媽媽放棄掙扎，撫著額頭覺得頭好痛：「算了快給我睡覺，不理你們了。」

雖然兩兄弟還想說什麼，不過媽媽擺明了不想聽。

「媽媽晚安！」

最後只好乖乖輪流抱過媽媽，然後就躺上床。

關燈之後，窩進棉被裡，翻了一陣。

「我們以後會吵架嗎？」望著漆黑的、隨時會跑出什麼似的天花板，他出聲問著。

「廢話，一定會啊！」弟弟說，他講話向來就很像大人，所以老氣橫秋地：「可是一定會和好的。」

「嗯。」他安心地笑了，然後閉上眼。

因為弟弟向來都認為他是笨蛋，所以會幫他把所有的事情都做好；不然就是一邊做自己的，一邊教他。大人都覺得弟弟反而比較像哥哥，所以假使有人說：

「你要學學你弟弟，不然都快被他追過去了。」

他也只是傻傻地笑，因為有個能幹的弟弟，他覺得很好。

過第二次生日的時候，姑姑來他們家玩，帶來一個神奇的東西。

「你家老大是不是腦袋沒開竅啊，」對於他的遲鈍，姑姑覺得很奇怪，就這樣對爸爸說：「學個樂器看會不會啟發一下。」

「我家有鋼琴。」爸爸沒什麼表情。

「但是這小鬼沒去碰過不是嗎？」姑姑蹲下身，把琴盒交到他手上，「喂，小鬼，我們就試這幾天，直到我離開為止，讓我看看你能做到什麼地步。」

姑姑講得好玄，他聽不懂，把琴盒上下搖晃，想聽聽裡面是什麼，卻被姑姑阻止：「不要亂晃！」

「這裡面是什麼？」

「打開看不就知道了？」

他打開琴盒的時候，弟弟也湊過來看了一眼，驚呼：「是小提琴！」

爸爸翻了個白眼，媽媽倒是什麼都沒說。

外公是小提琴家，媽媽卻從來沒想過要讓他們碰小提琴，或許是因為媽媽自己是彈鋼琴的，再怎麼樣也應該是鋼琴優先。

當天晚上，他把琴放在桌前，托著下巴盯了好久，弟弟在旁邊挨著他：「你不玩玩看？」

他點點頭，拿起弓，然後沿著每根空弦拉了一回：

「G、D、A、E，音程相差五度。」

「你怎麼知道？」弟弟有些意外。

「我有聽媽媽教人家樂理。」但是沒特別留心過，現在倒是勾起他的記憶，而他只是以此類推地套用到小提琴的身上。

弟弟瞬間臉色有點難看，抿住唇，沒再多說。

聽完聲音之後，又轉動弦軸，想試試弦的鬆緊會發出什麼聲音，撥弦的時候會發出什麼聲音，栓到最緊的時候會發出什麼聲音，他愈玩愈興奮，從兩側的 f 孔望進去，然後問：

「是弦在發出聲音，還是這個音箱？」

「兩個都有吧？」吉他不也是同樣原理？

「如果沒有琴橋會發出什麼聲音？」[27]

「咦？沒有琴橋還能發出聲音嗎？」

然後，他就把琴的部件一個一個拿下來，只為了想知道：這個東西不在的時候會發生什麼事情。

等到他把所有的部件都放在桌面上之後，乾脆就連琴身也拆了。

「小提琴是這樣玩的嗎？」弟弟翻個白眼，真的覺得他、根、本、是、個、笨、蛋！

隔天早上爸爸跟姑姑發現他把琴拆了之後，爸爸居然沒有罵他，還大笑了起來。姑姑瞪直了雙眼，不太像生氣，反倒是很無奈：「你拆琴幹什麼？」

「我……我只是好奇……」他不安地看看爸爸，又看看姑姑，扭著手指。而弟弟遠離修羅場，跑去媽媽那邊尋求庇護，表示這跟他沒關係，一切都是笨蛋哥哥自己搞出來的。

「好奇？好奇琴的構造？這種事情不是上網找就有了嗎！你爸又不是沒電腦！」

「可是……可是我覺得看網路上的圖片沒意思……」他期期艾艾地說著。

姑姑狠瞪了爸爸一眼：「我該說什麼？果然是你兒子？」

「我就說他科學腦，玩不了妳的音樂藝術——」

姑姑不理會爸爸想發表什麼長篇大論，轉頭問他：「小鬼你拆了我的琴，最好有讓我滿意的研究結果，否則，我絕對要修理你！」然後瞪了爸爸一眼：「你就給我閉嘴！」

面對妹妹，爸爸很紳士，只是雙手平舉表示任君處置，畢竟他的確有不對的地方……像是拆琴。

所以，他就乖乖地報告四根琴弦的音名，每根弦相差的音程及能拉出的音域是多少；此外還有其他像是拿掉琴橋用力旋緊會發出什麼聲音，或是微調鉤會發生什麼事……但姑姑的重點只有前面的事情。

「小鬼，這些誰告訴你的？」姑姑跟爸爸聽完之後都十分訝異。

「姑姑不是問我研究的結果……」他很困惑，也有點不安，為什麼姑姑跟爸爸的臉色都這麼奇怪。

「你這個兒子可以給我嗎？」姑姑居然轉頭這樣跟爸爸說。

「妳休想！這是我的！」爸爸對姑姑用力噴氣，只差沒立刻叫她滾。

從那天之後，他就莫名其妙學起小提琴，姑姑偶爾會來教他，但後來就去了歐洲，所以他又只好去外公那裡繼續學琴。

他開始拉琴之後，媽媽問過弟弟要不要也學鋼琴，以後還可以幫哥哥伴奏，但弟弟總是臉色很難看的轉頭走開，這件事就沒再提過。

後來爸爸問媽媽想不想再生一個，媽媽說要生可以等兩兄弟再大一點，現在要帶兩個好動的男生實在太累人，爸爸就看著他們說：「你們要幫忙媽媽啊，不要讓她太累！」

他是只有乖乖點頭的份，弟弟卻說：「這樣就多出來了。」

「多出來？」大人一時間不知道弟弟在說什麼。

「現在四個人剛剛好，再多一個不就多出來了嗎？」

爸爸跟媽媽無言地對望，只有他看的是弟弟，發現他說這話時的臉上完全沒有表情，眼神甚至有點冷。

弟弟向來很像小大人，所以表現出大人的姿態也是很正常的，只是，那個當下心中有種感覺……如果真的多了個弟弟或妹妹，也許弟弟會想辦法讓這個「多出來」的消失……但也可能只是自己對於那樣的神情的錯誤感應。

十歲那年，隔壁的空房子搬來一家人，那對夫妻帶著一個很可愛的小女孩，新鄰居很客氣地跟每戶人家拜碼頭自我介紹，當然也有來敲他家的門。

媽媽帶著他們打開了門，兩邊很有禮貌地問好寒暄，然後媽媽介紹他們是：「因為誕生在二月二十九而被天文癡的爸爸取名叫恆星、行星的雙胞胎。」

對方於是笑著對自己女兒說：「快跟星星哥哥們問好，告訴他們妳叫什麼名字。」

「……梅斯蒂……」小女孩很害羞地從她媽媽的身後探出頭，說完了名字就又縮回媽媽的身後。

新鄰居感覺起來是很好的人，常看到他們一家人出遊時，男主人會幫母女倆開車門，而且有高明的語言技巧，能把左右鄰居的太太們逗得心花怒放。有時媽媽會跟爸爸說：「這點你倒是可以學學。」爸爸就擺出不置可否的模樣。

後來他就知道為什麼爸爸不以為然。

隔壁鄰居搬來之後沒多久的某個晚上，他們兄弟倆跟媽媽在客廳玩瞇著眼聽音的遊戲——說是瞇著眼，當然是因為他們倆兄弟都不會乖乖把眼睛閉上，硬是要偷偷睜開或瞇成一條縫，媽媽就會說：「不准偷看！」

自從他學了小提琴之後，媽媽總是想方設法，希望讓弟弟也對音樂產生興趣，這個遊戲只是其中之一；但弟弟總是表現出沒興趣的模樣，不然就是鬧他分散他的注意力。

就在遊戲中途的時候，他們聽到隔壁傳來很大的聲響，像是盤子被摔碎的聲音，接著聽見一聲怒吼，但很快就消失了。

他看見媽媽微微蹙眉，似乎預備要做什麼，但因為後來隔壁就沒了聲音，於是他們就被趕去洗澡上床睡覺。

過兩天他們兄弟在等校車時碰見梅斯蒂。梅斯蒂看到他們只是頭低低的，離得很遠，校車來了，她就搶在他們之前上車了，好像理所當然他們一定會讓她先上車似的。

兩兄弟互看一眼，弟弟雙手一攤，而他只是覺得奇怪。

梅斯蒂奇怪的不止這件事。

因為她長得十分可愛，所以在學校裡很受男生的歡迎，當然弟弟也很受女生歡迎……嗯？問他為什麼沒弟弟高人氣？可能其實有，但是他沒注意，或許就這樣錯過了也說不定。

因為比起來，弟弟更知道怎麼應對，而他完全沒反應，才會被姑姑認為「沒開竅」。

總之因為梅斯蒂很可愛，身旁大部分都是圍著男性，女性朋友反而很少，但有時會看到她盯著玩在一起的女生們發呆，似乎很想加入。

「為什麼不過去？」他看梅斯蒂望著那群人發呆，不免疑惑地問。

她回過頭，看了他好一陣：「喔，隔壁家的『星星哥哥』。」

「是星星哥哥也沒錯。」印象中曾經聽媽媽說過梅斯蒂小他們兩歲。

「不，我是在說你是哥哥，」梅斯蒂慧黠一笑。「二月二十九生日是真的嗎？」

「這種事情假不了吧？」但是有更令人訝異的事情：「為什麼知道我是哥哥？」

「不知道，就是這麼覺得！」梅斯蒂笑了起來：「可能因為看起來很呆吧！」

到底哪裡呆了？

總之，從那之後，他們碰上了就會小聊幾句，鎮上哪裡開了什麼店，又多賣了什麼，或是哪個老師教了他們也教了她，上課很無聊或很有趣，聽爸爸媽媽說鄰居誰誰誰怎麼樣了……這種瑣碎的小事情。

「所以妳後來有跟那群女生一起玩嗎？」他也會這樣問。

她搖搖頭：「沒有，我不知道要跟她們說什麼話題。」

「話題啊……」食指抵著下唇，他的確也跟人沒什麼共通的話題：「我只知道多看點書可能就可以跟我有話題了。」

沒人可以陪他講物理天文生物一堆話題的確滿無聊的，他不能老依賴弟弟，只好等爸爸回家。

雖然現在多了小提琴……但又不是人人都在學小提琴！

「為什麼要看書？爸爸說女人不需要懂太多。」梅斯蒂如此對他說，臉上莫名所以的神情完全不像是裝出來的。

「為什麼不要看書？知識就是力量……唔，好老套。」他鼓著腮幫子，雙眼上眺，在腦中搜尋其他有趣的說法：「我換個方式講好了，無知會被欺騙，知識才能讓自己免於被騙。」他對自己點點頭，覺得這個說法真好！

「為什麼？我不懂。」梅斯蒂困惑地看著他。

「也就是說……如果我知道這些事情，妳想怎麼騙我都沒用，我很快就可以拆穿妳的謊言，因為我知道妳說的哪裡是錯的……大概是這樣。」他不曉得要怎麼說明才可以，但是他知道自己在說什麼，也確定自己所說是正確的。

「無知會被騙……」梅斯蒂思索了一下，然後重新抬起頭看著他：「也許你並沒有那麼呆也說不定。」

而隔壁家的「可疑聲響」也不是那一晚就結束了，往後還有無數次，不同的聲音。

某個晚上，媽媽實在忍無可忍了，於是抓著他們兩個說：「跟我去隔壁！」

「去隔壁做什麼？」

但是媽媽沒回答，只是繃著臉，然後走到隔壁去敲門。

屋內的聲響停了，接著梅斯蒂的媽媽在裡面應了一聲，過了一點時間才來開門，有些訝異地望著他們：

「隔壁家的……」

「抱歉，」媽媽堆起了笑臉，表情轉換之快讓兩兄弟都睜大眼睛驚呆了：「因為時間到了，梅斯蒂還沒來上鋼琴課，我以為她身體不舒服，所以來看看。」

「上……上鋼琴課？」梅斯蒂的媽媽顯然很驚訝，轉頭望著原本躲在角落的女兒：「妳何時去隔壁上鋼琴課了？」

「最近的事情，」媽媽朝梅斯蒂眨眨眼：「對嗎？」

梅斯蒂先是愣了一下，然後才遲緩地點點頭。

「可是，我們家……」

梅斯蒂的媽媽才想要說什麼，梅斯蒂的爸爸就走過來，先是打量了兩兄弟幾眼，然後又對媽媽說：「那小女就拜託妳了，希望妳能把她教成『有價值』的女人。」

媽媽假裝沒聽懂他的弦外之音，微微一個點頭，然後就對梅斯蒂招招手：「走吧，我們去上課！」

梅斯蒂很快地跑向他們，媽媽就牽住她的手說：「我家就只有一堆臭男生，我一直好想要個女兒，歡迎妳常來我家玩喔！」一邊走往回家的方向。

「媽媽說我們是臭男生。」弟弟似乎有點受到打擊。

「嗯，」他也有點受到打擊：「臭男生。」

「臭男生。」

「嗯。」

「媽媽說我們是臭男生。」

「嗯，臭男生……」

因為是雙生子，所以兩人就這樣輪流跳針的跟在兩名女性後面回去了。

從那天之後，梅斯蒂來他們家的次數就增多了。她會跟他下棋，他也會很興奮地跟梅斯蒂展示他有多少藏書，像是憋了好久終於有人可以分享。

然而只要他一練琴，弟弟就會把梅斯蒂拉出去玩，跑跑跳跳打打鬧鬧。後來，梅斯蒂和弟弟愈走愈近。他時常從自己房內看到弟弟拉著梅斯蒂出去玩，好像很開心的樣子。

過第三次生日之後，他跟弟弟就分房間了，除了書都放在爸爸的書房以外，他的房間就多了吸音的裝置，等於「臥房就是他的琴房」。

說真的，夏天其實很熱。

而爸爸平時不在家，雖然他們家三人都會用爸爸的書房，但他占用時間最長，因為弟弟自從有了梅斯蒂之後，不但很少進書房，和他的對話也漸漸少了。

於是，他只能縮進自己的世界裡。

那年冬天爸爸回來，心血來潮說要去看劇，媽媽就找了齣音樂劇全家一起去看，不過，故事的結尾有些遺憾，離開劇院的時候飄起了雪花，全家都沒說話，弟弟卻開口了：「喜劇都是相似的，悲劇卻有各式各樣的不同。」

「應該是：『幸福的家庭都是相似的，不幸的家庭各有各的不幸』？」他記得那是托爾斯泰的作品《安娜・卡列尼娜》中最有名的一句話。終究他們家也有四分之一的俄國血統，這也是姑姑到現在還在歐洲流浪的原因。

「所以，悲劇才能讓人難以忘懷，是嗎？」弟弟問。

他停下腳步，沒回答，爸媽也停住了。

「古代哲人的確說過：『悲劇以憐憫與恐懼來使某種情感得到淨化。』但並不知道是哪種情感，淨化也並非就是淨化，或許是某種宣洩或疏導。畢竟以前沒有什麼情緒管理的心理學，人類只能從最原始的方式去排解情緒。」科學家爸爸果然就科學式的解說了。

「可是悲劇不是道德教育的一種嗎？」他記得好像在哪看過這種說法，如果沒記錯應該是亞里斯多德。

「那就要看是哪個時代的悲劇了。古希臘羅馬的悲劇是一種模仿，主要是表達：『不論遇到怎樣的逆境，都要保有堅強的意志力及信念』的精神，這是尼采的話。若換成現代……或許可以當成：悲劇就像一面鏡子。至於那面鏡子反映了些什麼，就看個人的解讀了。」

他點點頭，表示理解爸爸所說的。

「……可是我還是喜歡喜劇。」然後他傻傻地笑著說：「因為我喜歡大家都很開心。」

「喔，跟你媽媽一樣溫柔又善良。」爸爸很故意，根本是借此喻彼。表面上是稱讚他，但實際上是說媽媽。

媽媽只是生氣地嗔了爸爸一眼，可是嘴角的笑卻出賣了她。

只有弟弟似乎不太高興，那張冷著的臉，比雪花還冰冷。

後來他覺得自己有無法推諉的責任，也可能是因為他太過專注於練琴這件事。不能否認自己多少會感到寂寞，他和弟弟似乎從某個時候開始，就漸漸各自有了不再重疊的軌道，弟弟就像是朝著不同方向奔馳的星子，只有他被留在原處，因為他是「恆星」。

他只是更加專注在練琴這件事情上，這可以讓他不去想太多。外公提過，姑姑也問過很多次要不要參加大賽，他都拒絕了，因為他只是不想面對某些事情，並不是想成為音樂家。

十四歲的某一天，爸爸跟媽媽一起出遠門旅行，只剩下他跟弟弟在家，雖然外公外婆說好會來陪他們，但要深夜才會到。

那天晚上弟弟很晚才回來，身為哥哥的他總覺得自己應該要問一下，於是，他就問了：

「你到底跑去哪裡？」

「我跟梅斯蒂在一起。」弟弟只是很簡單地回答。

「喔。」他一愣，就沒再多說了。

「你不問嗎？」弟弟倒是很感興趣地湊上來，在離他很近的地方，停下。

「要問什麼？」他只是問去哪裡，既然已經知道答案，那個人他也認得，而且都平安到家了，就沒必要再多問。

「我跟梅斯蒂在一起都在做什麼？問我們為什麼在一起……」弟弟搖頭晃腦的，那種異樣的神情令他有不好的感覺。

「我不用知道。」他轉身想回到自己的房間，弟弟卻擋住了他的去路，將他壓制在牆上。

「不問你會後悔喔……」弟弟湊在他耳際，輕佻曖昧地吐氣：「因為這樣你就不知道，她有多騷……」

驀地一把火氣升上來，完全不受理智控制的伸手朝弟弟揮拳。

因為太過突如其來，弟弟沒來得及避開，就被他一拳打中右頰。

「喔，生氣了。」

雖然被打，弟弟卻露出一種異常的亢奮狀態，那得意的笑更令他惱火，他想再揮第二拳，卻被弟弟更快速地回手，一拳打倒在地，不但無力還手，還被連打好幾拳。

「你真的太弱了，」弟弟站在他身旁，那種居高臨下，輕蔑睥睨的笑意讓他永難忘記：「恆星。」

他知道弟弟絕對誤解了。

他生氣是因為弟弟的態度，覺得他不該用這麼輕浮的口吻說梅斯蒂，那聽起來讓人不舒服。

如果換成是弟弟被這麼講，他不但會痛揍對方，而且就算被打倒在地也會跳起來回擊，甚至還會要求對方道歉。

「搞什麼……難道是以為我喜歡她……嗎？」被打趴在地只能喃喃自語，他只把梅斯蒂當成妹妹，從來沒想過任何其他的。然而隨即火速坐起身，睜大了眼睛，望著弟弟關上的房門。

不……不可能……

他所知道的弟弟絕對不會……

絕對不會……

絕對……嗎？

那臨去前的眼神，彷彿是不認識的另一個人。

6

到底從什麼時候開始，他們由最親近的人變成最遙遠的陌生人了？

右側的杏仁核說：很早以前，他就變成你不認識的人了。

左側的杏仁核說：雖然現在變了，可是他會變回來的，因為他以前說過你們一定會和好，還說了兩次「一定」喔！

可能是因為他的大腦發育得還不錯，也或許是他的杏仁核發展健全，所以他很少生氣，也不太跟弟弟吵架，就更別提動手了。覺得生氣很耗能，不想把時間花在這上面。再加上弟弟總覺得自己是哥哥，照顧他都來不及了，所以兩人也相安無事的長大了。

說來慚愧，他從來沒處理過衝突，像他這種切中老子「不爭」精神的人，跟同學當然也不會有什麼衝突，就算有，弟弟也會幫他排解……這麼說起來，被罵笨蛋其來有自。

根本符合了「智商正常，但人際商數很低」的條件。

就這樣在一個自以為很安全的軟殼中長大，直到這個殼破裂，他的世界就整個崩塌倒毀。

隔日早上弟弟完全無視他，吃完早餐跟外公外婆說再見就出門了，根本不想等他，他只好吞完牛奶匆匆追著出去，還差點撞翻椅子。

像是算準校車到站的時間，弟弟直接上車，他還來不及趕到，車子就開走了。

他也可以追著車子跑一段，反正司機還是會停下來，但是，他卻站住了，因為梅斯蒂出現在他身後。

他想起弟弟昨晚在他耳畔曖昧的吐息，說著那樣煽情的言語，突然一陣不自在。

正想拉開一段距離，她卻開口了：

「他終於丟下你了嗎？」

少女清亮的聲音動聽悅耳，但言詞卻犀利無情。

他注意到她的用詞。

「『終於』是什麼意思？」或許不該問，直覺那是句殘酷的言語，或許背後有更可怕的答案，

但他還是忍不住開口問了。

「你也該學著自己面對事情，別老是想要依靠別人……的意思。」

「我……」他一怔，完全說不出話來。

「你可能覺得有你弟弟在很方便，但是他卻很辛苦。因為你什麼都不會，他才必須要幫你把事情做好，」她停下來看著他：「難道不是嗎？」

面對她的指責，他無以回駁。

就某方面而言，他的確非常依賴弟弟。

「老實說，」校車的聲響由遠而近，卻掩蓋不了少女的聲音：「你是他的負擔。」

少女上了校車，留下因詫異而動彈不得的他。

體內某部分被硬生生的撕裂，他覺得自己不再完整。

他一直以為存在的東西，其實是不存在的。

那就是他們兄弟之間的情感。

於是，他變得愈來愈孤立，更加投入在拉琴這件事上，幾乎只有小提琴是他唯一的安慰跟寄託，但他知道自己只是在逃避現實而已。

然而，他的逃避會傷害許多人。

這是他無法逃避的罪過。

隔壁家的聲響從來沒有停過，媽媽似乎和爸爸討論過要不要報警的事情，但是爸爸卻覺得梅斯蒂母女必定因為無法擁有其他的經濟來源，而只能忍受不打家暴防治專線，若是出手干預卻沒有替她們想好後路，其實是不負責任的作法。附近的鄰居之所以沒動靜是因為大家都不想惹事，可是議論紛紛是無可避免的。

印象中有人曾經去敲過門，想要他克制一點，但對方只是很理直氣壯地反問：「什麼時候我管教我的女人，美國佬也要管了？」

「『既然在這裡就要符合這裡的文化，別以為這裡是拉丁美洲！』這樣回他總可以了吧！」媽媽就是看不慣施加暴力的人，尤其是對女性。

「『滾回去拉丁美洲』比較好。」爸爸居然撫著下巴認真地回答。

「你有認真在聽我說嗎？」媽媽真是對於爸爸歪樓的回覆哭笑不得。

「很認真才能歪喔！」爸爸總是很懂得如何逗媽媽開心。

然而某天深夜，梅斯蒂的媽媽很驚慌地跑來敲門，問他們有沒有看到梅斯蒂。

「她沒有來這裡啊。」

媽媽立刻叫來兄弟倆，問他們知不知道梅斯蒂的下落，兩人當然都表示不知道。

而梅斯蒂的媽媽因為無法分辨他們兩個，於是抓住了他的肩膀，著急的詢問：「你們不是在交往？」

「咦？」他愣住，媽媽也愣住。

「她真的什麼都沒跟你說？」

「我……我不知道……」他不知道要回答什麼，也不知道梅斯蒂在哪。

「不管怎樣先打電話報警吧，或許她會自己回來也說不定。」媽媽只好出來打圓場。

可是弟弟卻好整以暇，彷彿事不關己。

梅斯蒂的媽媽走了之後，媽媽瞪了他一眼：「明天再來問你，現在給我去睡覺！」

回到房門前時，弟弟正要開自己的門，他出聲：「你為什麼不承認？」

弟弟停下轉動門把的手，轉頭看他：「承認什麼？」

「你跟梅斯蒂……」

「噓……」弟弟刻意不讓他說完，然後笑著拍拍他的臉：「晚安！」就進房去了。

隔天當然被媽媽質問了好一番，他大可以推回去弟弟身上，但是不曉得要從何開口，何況這兩個人從沒有表明：「我們是男女朋友」，像他這種實事求是的腦袋，怎麼可能很肯定的跟媽媽說到底兩人是不是在交往？何況他也不是那種會告狀的性格！

總之，後來梅斯蒂回來了。

她回來的那天，他注意到，她的左手前臂內側刻上了鯨魚的圖案，如同烙印，宣示著某種記號。

那個週末的晚上，媽媽出門不在家，他比較晚回家，客廳裡很黑，但弟弟房間的燈是亮著的，他印象中弟弟今天是要去練球，應該是有什麼事情取消了，於是有點好奇地靠近弟弟的房間，聽到裡面斷斷續續地傳出說話聲：

「……可是我好害怕……」

是梅斯蒂？

「那當初就不該這麼做。」

弟弟不但強勢，而且還有點冷，維持著一貫很像大人的口吻。

「……對不起……」梅斯蒂的聲音充滿恐懼跟哀求：「因為我以為你不要我了……我……我失去活下去的意義……所以我……所以才……」

「傻女孩，怎麼可能呢？我不是說過很多次了嗎？」

從沒聽過弟弟哄女生的口吻，他也呆了。

非常新奇，很陌生，卻覺得很有趣，因為這是他所不知道的弟弟。

為什麼前一秒可以跟下一刻差這麼多？

接下來會怎麼樣？

實在太好奇，他很想靠近再聽一陣，就當成是社會學習……

「可是……你不是因為……」

「唰」地房門打開了，弟弟看著來不及走避的他，一臉戲謔：「何必偷聽？歡迎你進來啊！」

「我只是路過。」被當場抓包有點尷尬跟丟臉，硬是丟下這句就朝自己房間的方向走去。

「是嗎？」弟弟重新將房門關起，那句如同預告般的言語在空氣中盤旋不去：「你會後悔。」

是的，他後來的確懊悔不已！

假使他知道，走進房間他們也許還能再像從前。

假使他知道，那是唯一一個可以改變他心意的機會。

假使他知道，他只是跟他一樣，不曉得該怎麼轉換僵局。

假使他知道，只要有人能更勇敢一點。

假使他知道，兩人都在等對方先開口……

假使他知道，這是他最後選擇毀滅的原因……

可惜，他不會知道了。

他只記得警察來通知死訊的那天，也是下著雨。

一切都是算計好的，所以，弟弟是刻意選擇要這麼做。

若不是如此，不會利用爸爸在家的日子。

就在梅斯蒂的爸爸被發現屍體倒臥在血泊中的那天，梅斯蒂跟弟弟都失蹤了。

那晚弟弟沒回家，爸媽十分著急，或許是太過信仰弟弟的無所不能，他總以為弟弟應該很快就回來了，因為弟弟總是很知道怎麼安排自己，像是什麼都能輕易搞定似的。

第二天過去……第三天也過去了……弟弟和梅斯蒂還是沒有下落，有人說可能是他們殺了隔壁家的爸爸逃亡去了，有人說他們兩個私奔了，更有人說，他們都死了……

只有他相信弟弟不可能這麼做，而且弟弟一定會平安回到家，像以前那樣繼續欺負他，到時他一定要主動跟他說：「我們和好吧！」

然而三天後，警察到家裡來，要求爸爸去認屍。

「認屍？」爸爸不可置信的反問，媽媽失力倒地，崩潰大哭。

只有他腦袋一片空白，衝上去抓住警察的衣服，惡狠狠地說：「你亂講話我會揍你喔！」

爸爸很嚴厲的叫了他的名字，把他拉開，然後跟警察說：「我去就好。」轉身跟他說：「幫我照顧你媽媽。」就跟著警察離開了家門。

他一直拚命祈禱等爸爸回來之後說是警察搞錯了，弟弟沒有死，他們只要耐心地等，弟弟一定會回來。

可是，弟弟真的不會回來了。

因為山中的狩獵小屋失火了，才被發現失蹤三天的梅斯蒂，那時她一臉驚恐地看著起火的木屋，嚇得完全無法動作，像是也沒料到會發生這種事情，火勢燒得很旺，很久才撲滅，等到進去之後只看到一具焦屍。

比對過齒型之後，確認是他們家的人無誤。

而問起梅斯蒂關於殺人的事情，她只是沉默。

「但是她提了一個很奇怪的要求。」爸爸對他說：「她說要見到你才會說出真相。」

「我不想見她！」他斬釘截鐵地拒絕。如果弟弟不是因為跟她在一起也不會發生這種事，為什麼小木屋會起火？為什麼弟弟會被燒死？他不相信，不可能，那麼聰明靈巧的弟弟，那麼思慮深沉複雜的弟弟，這種事情怎麼可能發生在他身上，他不相信！

然後，他停住，看了爸爸一眼。

爸爸只簡單地對他說：「去吧！」

被帶去見梅斯蒂的時候，還有警察在旁邊陪同，因為這不是正式訊問，所以是在透明公開的場所內進行對話的。

他坐下來，看著眼前憔悴的人，拳頭握了又開、開了又握，盡力想讓自己冷靜下來。

「是妳動手的？」他問。

她沉默，然後點頭。

「是妳來找行星問他怎麼辦，所以他帶妳逃走了？」他忍不住咬著牙問。

她還是只能點頭。

「妳為什麼要拖他下水──」他憤怒地站起身，幾乎想撲過去，但是身旁的人拉住他，沒讓他動作。

「因為你！」梅斯蒂似乎忍無可忍，也對著他怒吼：「他因為你的存在感到痛苦，我因為爸爸暴力的對待痛苦，所以我們只能相互取暖，我能依靠的人也只有他！」

他停住，呼吸像是瞬間被按下暫停。

「妳說什麼？」整個空間像是所有的聲音都被吸乾了，甚至連自己的聲音都消失了。

「是你殺了他！」梅斯蒂朝著他哭喊：「他是因為你才死的！」

「妳不要胡說八道！」他覺得自己整個人都在發抖，不知道是因為憤怒而發抖，或是因為恐懼而發抖，還是因為痛苦而發抖……

他就覺得不對勁……像弟弟這麼聰明的人怎麼可能會發生這種事……難道、難道真的是……

「他一直都說相同的東西不需要兩個，你奪走了他的存在地位，其實他很恨你，可是你一直在利用他的溫柔，你根本不知道他有多痛苦！」

某種尖銳的疼痛刺入心臟，深得讓人拔不起來。

他不知道，原來自己的存在使弟弟痛苦。

他不知道，原來弟弟是恨著他的。

他不知道，原來弟弟覺得自己一直在被利用。

「都是你！如果沒有你就好了！」梅斯蒂痛哭失聲：「沒有你，他就不會死了，他不會因為你的存在而痛苦，他會一直陪在我身邊，你才是殺人兇手，你才是！」

因為情緒失控，他們就被分開了，他只能坐在談話室外等父親來接他。

他覺得自己像是被挖空，什麼也無法想，什麼也無法感覺，某個部分在碎裂，他不再是完整的自己。

意識太過混亂，無法分辨梅斯蒂所說到底有多少是真、多少是假，也不管梅斯蒂是不是因為要減輕自己的罪惡感而把責任都推給他，但是他知道促成弟弟做出離開家的這個決定，原因必定有他，或許最後決定要毀滅自己的原因也有他……

為什麼沒想過要跟弟弟好好談談？

為什麼沒想過要找弟弟把話問清楚？

為什麼沒有主動提起勇氣去跟弟弟和好？

就是因為他太懦弱！

梅斯蒂說得沒錯，或許他太依賴弟弟的溫柔。

回家之後，發現媽媽失神地坐在客廳的沙發上，手中握著一張紙。

爸爸感到不對勁地走到媽媽身旁，而媽媽只是用驚恐的眸光將那張紙遞給爸爸：

如今我如一尾藍鯨擱淺

掙扎呼吸，卻奪路失源

這世界上不需要兩個相同的存在。

★

如同在意識之海迷失，抓不住一個可以依持之體，只能胡亂地握住任何可以掌握之物，伸手從洶湧而至的詞潮之中搜掇任何可連綴之語，最後在掌心翻開的是——

「你醒了。」

想睜開眼，但光太亮，隻手遮眼，從指縫中看到的人，讓他有些詫異地坐起身，並抽回了被握住的手。

「因為你雙手亂揮，好像作了溺水的噩夢，所以……」尚－雅克覺得好像應該要解釋一下自己唐突的舉動。

張望周圍，一時間還無法反應自己身在何處，但隨即意識到自己吊著葡萄糖及生理食鹽水的點滴，而且應該已經快結束了，以流速判斷大約一個半小時到兩小時，所以尚－雅克到底坐在這多久了？應該說……他為什麼會在這？

從那次不歡而散之後就沒接觸，現在總有些不知所措。

「是潘老闆跟我聯絡的，他好像人脈很廣，不曉得從哪邊找到我的聯絡方式……說你好像營養不良昏倒了，要我來帶你回去。」似乎看穿了他所想問的問題，尚－雅克繼續說著，他轉頭望住眼前的人，就聽見：「對不起。」

他以為是自己說的，但不是，他沒有發聲，是尚－雅克的聲音。

「艾瑪說……我是個幼稚的大人，」尚－雅克苦笑：「也難怪你會覺得我不能信任，因為我也沒表現出足以讓你信任的樣子，就這樣丟下你。如果我能誠實表達你這樣什麼都不商量就一個人承擔會讓人擔心，說出來至少大家可以一起想辦法，也許你會明白大家都很在意你，不用埋著頭什麼都自己扛。」

可是他不知道是不是又會被說成是負擔，被說應該要自己面對自己承擔自己負責……他不知道怎樣的要求才不算是利用別人，更不知道怎樣的距離才能讓彼此都不受傷……

曾經以為是最親近的存在，結果是最撕裂的傷害。

曾經以為是最能放心依靠的對象，結果卻是最遙遠的陌生人。

他的無知，他的逃避，是讓大家都墜落地獄。

所以他開始試著自己獨自去面對一切，只要能解決問題什麼極端的手段都可以，就算會傷害自己也在所不惜，心裡隱約知道，他只是用這樣的方式懲罰自己。

被挖空的部分不知道該怎麼填補，該拿什麼填補，但只能盡力一片一片把自己拼回去，而且，只能靠他自己。

沉默了一陣，他問：「那你不能誠實的原因是什麼？」
尚－雅克頓時感到一陣尷尬，心虛的眼神飄來飄去：「那個，那個是……」彎腰低身避開那雙太過清澈純真的眼神，盯著潔白的地板，簡直緊張到快飆汗，結結巴巴地說著：「那個是……是……身為大人的……自尊心……」

空間內陷入一陣無極的安靜，持續了太久讓尚－雅克忍不住要抬頭看一下他的反應，結果發現小惡魔勾著狡黠的唇弧望住他，發現自己又被耍了。

「你——」這小鬼實在可惡透了！

「我好想念台灣泡麵，今晚可以吃到嗎？」他跳下床，然後被點滴線給扯住，只能無奈地望了點滴一眼。

「想都別想！」尚－雅克朝他大聲而堅決地拒絕，算是報復他對自己的捉弄。

「噢，好吧！」隻手塞住耳朵抵擋過大的聲響，他對聲音很敏感。

帶著小惡魔離開醫院回家的時候，尚－雅克聽到彼端傳來，很微小卻很清楚的聲音：

「謝謝你。」

★

緒。

太過專注於練琴，他跟現實脫節很久，以前是用來逃避現實，現在則是用來轉換心情跟思緒。

回到音樂的世界有助於安定情緒，至少左右腦同時並用是另一種活化思考的方式。愛因斯坦把音樂當成思想及工作的核心，走到哪都會帶著「莉娜」；而這也變成他後來的習慣，從他把琴取作跟愛因斯坦的琴同樣的名字，就可以知道。

關於胡安的死，新聞報導都只提到：「有人因為復活的藍鯨遊戲而死亡，請家長多注意孩子上網的社群對象。自殺不能解決問題，請一定要求救……」等這些毫無意義的訊息。

他認為警方一定也知道胡安年齡超出藍鯨搜求對象太遠，絕對是有人利用這件事想達到什麼目的，但到底是什麼？心中總覺得，也許解開這件事會找到弟弟當年死因的真相……

他實在很難相信弟弟會因為遊戲而自殺，而且明明刻下紋身的是梅斯蒂，為什麼最後死的卻是弟弟？就像胡安明明不是藍鯨設定的對象，為什麼卻會有這樣的紋身記號一樣……

這樣的巧合及相似性令人介意，使得他很想知道胡安死因的真相，然而不是警方相關者，想知道這些偵查情報實在太困難，即便新聞會報導，一定也不是他要的答案。

唯一想得到的辦法，就是把自己變成嫌犯，從警方的問話中去推斷，若他能再巧妙的提一些問題，或許就能套出自己想要的情報……

目前能利用的，只有胡安死前跟自己碰過面，而且自己曾經因為對方用輕蔑的口吻喊他猶太佬，因此說要讓對方付上代價，來當成殺人動機……

可是，要怎麼做？

他要怎麼引起警方的懷疑？

讓誰去密告這件事嗎？

「你在讓我聽什麼垃圾！」夏爾的怒吼把他震回現實：「給我滾！」

嗯，他居然不專心到這種地步嗎？他也不過是開了自動演奏模式，下次應該要錄音聽聽看自己到底是「拉了什麼垃圾」。

「夏爾先生……」他遲疑了一下，才喊。

「你還在這裡做什麼！」夏爾餘怒未消：「下次再讓我聽到這種東西，你就不用出現了！」

「不……」他停頓了一下，又說：「常生氣對身體不好，只是想請你保重身體……」

「滾！」夏爾直接指著門口朝他大吼。

只得摸摸鼻子，收拾起他的琴，乖乖離開琴房。

「又被罵了？」助理看到他出來之後笑著問。

「是啊……」無奈地雙眼上眺：「我擔心他老是這麼生氣對身體不好……」

「噗……這你可以放心，夏爾只會吼你。」助理噗哧噗哧的笑。

「所以我是罪魁禍首嗎？」真是罪過罪過。

他還以為夏爾脾氣不好，才總是對他生氣。

「你不要怪他，偷偷告訴你……」助理左右看了看，確定本人不會出現在現場，才小聲地說：「自從你來了之後，他都很認真的練琴喔！」

「咦？」他有點訝異。

「怎麼說……」助理在腦中搜尋適合的言語：「到了某種階段之後，就會因為自己擁有的技術已經足夠而停下來維持原狀，覺得沒什麼挑戰性了。所以他算是頹廢了一段時間吧！雖然想改作曲來找回一些熱情，不過那個人喔……還是需要一些外力刺激啦！」

「喔……」他似懂非懂地點點頭，不懂這跟自己有什麼關係。

「『如果我不夠厲害，就沒資格成為那孩子的老師。』這是他親口說的，」助理對著一臉困惑的他笑了笑：「他都這麼認真了，你漫不經心或不夠水準，他當然會生氣。好啦，別跟他說我偷偷告訴你啊！」

原來老師是愛之深責之切，對他期望太高啊！雖然有點心虛不過也有點高興啦！

「你怎麼還在這裡！」夏爾出來之後看到他們兩人在交頭接耳，又爆出怒吼：「快滾回去練琴！」

助理朝他笑著聳了個肩，他只得趕緊離開現場，剛好在他之後的學生也到了。

「妳沒跟他說什麼多餘的話吧！」夏爾覺得自己的助理笑得太神祕，簡直就是可疑。

「就閒聊一下啊，」助理輕鬆地說著，低頭開始處理事務：「你知道的嘛，他很帥，我喜歡賞心悅目的小弟弟。」

「哼！」夏爾不以為然地哼了一聲，轉身走回琴房。

★

為了不讓老師失望，照理講他應該要乖乖待在家練琴或準備音樂院的考試，但他還是跑去執行他的原訂計畫——引起之前追他的那群扒竊集團的注意，讓他們去告密。

他先是觀察那群人行動的地點，通常都是針對觀光客，且不限於蒙馬特，接著他會去干擾他們的行動，讓他們在做案時無法得逞。

照理講他這種舉動是會被鬥毆的，可是因為潘老闆的關係，他們也不能直接對他動手，於是就跑去告密說他跟死者在之前曾經有接觸。畢竟他們當時想對他下手，跟了他一段時間，也知道他在跟蹤觀察胡安，就像他觀察他們的做案地點跟方式一樣。

繞了一大圈還是達到目的了，也花了一點時間。

可是他忘了自己未成年，就算接受詢問也要有監護人陪同，這下子情況整個尷尬，因為他就被叫去罵了。

「你又做了什麼！」尚－雅克實在不敢相信，這小惡魔還真的成天惹事。

他只能眼觀鼻，鼻觀心，低著頭，假裝自己有在反省的樣子。

「我也不敢相信……」那天開車送他去現場的人——後來才知道原來是巴黎的國家警察，名字叫阿多斯。聽到這個名字他的第一反應是：那有遇過達太安嗎？28

「還不是你耍壞心眼，直接告訴他，你可以讓他知道後續發展不就好了？」潘．皮耶斜了阿多斯一瞥，也不是很認真在抱怨。

「老闆我那天休假，上班跟休息我分得很清楚好嗎！那天我的身分只是一般市民，不是警察！」阿多斯替自己叫屈：「所以才需要換你出面的嘛！」

「結果到了現場，那些小嘍囉還不是照樣在看你的臉色。」潘．皮耶笑睨著阿多斯。

「所以我才不想露臉……」但還是跟著下車了，唉……

「不過小子，我實在很不高興，這種事情為什麼不找大人商量，你有想過今天如果惹上了更大的麻煩要怎麼辦？你把自己的安全放在哪裡？」潘．皮耶沉著聲轉向他，很難得露出嚴肅的模樣。

「我也是計算過才……」他很小聲地囁嚅，但知道潘．皮耶說的也是事實。今天如果不是依持著自己某些小聰明和情勢運用，真的到了無計可施的時候或許就會走偏門。

這很不好，他知道。

偏門之外會有什麼脫離掌握的事情，他也知道。

可是，為了得到想要的東西，他會不擇手段……

也許，這才是沉睡在最深處，真正的自己。

就像是被拆開的小提琴……

腦中似乎瞬間閃過了什麼，但沒來得及抓住，就過去了。

「小子，這世上有很多事情會超出計算，別對自己太有自信了。」潘．皮耶說道：「難道你覺得不能信任我們嗎？」

尚－雅克想起，他說過無法信任任何人。

這麼說起來，當初迪博拉老師只說哥哥的小孩會來巴黎，卻沒說為什麼，雖然知道他有驚人的天分，卻不是非巴黎不可，所以是發生了什麼事嗎？

「我只是不想給你們添麻煩……」愈說愈小聲，愈來愈心虛。
「你真惹出什麼大事我們照樣要去收拾，到時候更麻煩！」老闆加大了聲響強調。他只能繼續縮著脖子低著頭，乖乖挨訓。
「尤其是他！」潘・皮耶繼續指向阿多斯，阿多斯只能無奈望天。
的確，如果小鬼真有什麼事，本著認識之情，阿多斯也不會置之不理。
雖然法國人對於教育小孩向來是「自己的事情自己面對跟負責」，不過如果阿多斯不是這種略帶熱心及照顧人的性格，也不會去當國家公務員了。
「知道了，」阿多斯嘆了一口氣，「既然死者是你認識的人，這次就特別通融吧！」
「……真的可以？」他問得有些小心翼翼。原來這麼簡單嗎？為什麼他會想得這麼複雜？只因為這些人不是他的家人？從小到大他最親近的只有家人，令他受傷最深的也只有家人。
「在我的權限內……」阿多斯接收到老闆的眼色，只能認命了。
待尚－雅克拎著小惡魔離開後，阿多斯跟老闆要了杯酒。
「不是值勤中嗎？」潘・皮耶橫了他一瞥。
「我下午沒班。」阿多斯笑嘻嘻的：「不過老闆，你還真寵那小鬼，不知情的人會以為那是你孫子。」

「我才五十出頭，什麼孫子！」一拳揮過去，阿多斯只能抱頭哀號。「撿到那小子的時候，他眼底太多遲疑跟驚惶，更準確的說，根本像是受了傷卻亂飛的鳥，如果沒撿起來可能會到處撞得頭破血流，實在讓人看不下去。本來以為那是因為他是剛到巴黎的異鄉人，後來發現好像不是這麼一回事。」

「老闆還真溫柔。」阿多斯搖晃著酒杯說：「是因為會讓你想起令郎嗎？」

「別提那孽子。」潘．皮耶馬上冷下臉。

阿多斯立即雙掌掌心向外換話題：「老闆只因為這樣的原因就想幫他？」

「他對這件事有著超乎常人的執念，從他用的手段就可以知道。雖然不排除有其他目的，但我猜他應該是想打開什麼結。」潘．皮耶說：「他可能以為自己隱藏得很高明，不過他在人前是有戴面具的。」

「喔……那副很開朗的模樣？」小孩子都以為大人不知道，其實大人只是不說。

「如果那個結打開了能讓他拿下面具，為什麼不給他試試看？」潘．皮耶的結論只有這個。

「老闆果然很在意那小鬼。」阿多斯笑了笑：「所以，關於那小鬼，老闆知道多少？」

潘．皮耶哼哼笑著：「就知道你不是單純來找我喝酒的。」

「別這麼說，現在可是下班時間唷！」阿多斯眨眨眼。

「哼，撇得真清。」潘．皮耶又替阿多斯倒了一點酒，「所以你們的確把他列為嫌疑犯嗎？」

阿多斯將酒杯拿近額前致意，然後說：「不到那種程度，但是他的手法的確超出他的年齡。」

「你說哪個？」潘．皮耶也知道絕對不是只有引起扒竊集團注意這麼簡單。

「老闆知道他借用你場地做什麼嗎？」

「客人的事情我不過問。」雖然那小子也算不上是客人，但潘．皮耶的確沒問太多，只是按照他的要求給他需要的資源。

「聽說是用橋牌贏了他的自由。」說到這裡阿多斯自己都笑了：「小鬼會幹這種事情嗎？我覺得實在太妙了！也難怪他有恃無恐，大概覺得靠自己的天賦就能搞定一切吧！」

「你說的天賦指的是他反應很快、腦袋很好？」

「反過來就會變成危險工具了。」

「原來是欣賞啊……」潘．皮耶也坐下喝了一杯：「所以你想問什麼？」

「就像你說的這種人放著在外面跑太危險了，剛好監視影像拍到發現屍體當晚出現在那附近的可疑人物。」

「哦？」

「那天他也出現了，」阿多斯看著潘．皮耶說：「跟那小鬼攀談的人。」

7

再三保證會乖乖練琴不再惹事才沒通知姑姑，差點要被找去問話這件事實在鬧太大，幸好案件負責人之一的阿多斯認識他才被擋下來。

阿多斯說在還沒送司法程序之前，他都還可以擋得住，如果換成是檢察官或預審法官來負責就沒辦法了，叫他要安分點。

「司法警察」是一種身分，通常是被排到負責該案件的國家警察或相關行政人員才會擁有這樣的身分。而司法警察負責的工作，分成進入司法審理前後期：前期為查證刑事案件確切的行為、相關的證據、嫌犯；後期則是確立案件後，依照預審法庭的需求及檢察官的領導而辦案。

法國是以歐陸法為主要司法基準的國家，預審法官的權力很大，在審理案件上需要更精準和小心，參與案件偵辦過程有助於他們更深入了解案件，以及如何審理。

阿多斯說起他經常合作的法官時，神色顯得特別溫柔，他不免好奇地問了一下。

「她是名堅強的女性。」阿多斯不自在地一言以蔽之。

「所以是你的『米萊狄夫人』嗎？」直覺地問著。在《三劍客》的小說裡，米萊狄是阿多斯的舊情人。

阿多斯只是看了他一眼，本來是蹙起眉，但隨即又笑了笑：「小鬼，去看過隆河了嗎？」

「隆河？」好突然的問句，一時間反應不過來。

「比起《星夜》，我更喜歡《隆河上的星夜》。」阿多斯笑著說：「或許有一天，你也會碰到一個名字跟你成對的人。」

★

讓他看過監視器畫面之後，確認的確是那天出現在案發現場的「偽白子」，阿多斯便問那個人跟他說了什麼。

「他只說連船都被禁止靠近，叫我不要過去……」他們交談的時間十分短暫，並沒有說到什麼：「我就問他為什麼要假裝自己是白子。」

「他怎麼說？」

「我還等不到他的回答，你就跟我說可以過去了。」

阿多斯沉吟了一下，然後問：「你還記得什麼嗎？比方說你是怎麼知道那個人不是真的白子？」

「隱形眼鏡吧？」他回想了一下，「他唯一的失算應該是沒有戴上墨鏡。」

「你的意思是……」

「撇去白子不可能直視太陽照理說非必要不會出門……大部分的白化症患者會有視障問題，因為缺少黑色素。如果他戴上墨鏡，或許就會降低我發現他並不是真的白子的機率……」

雖然不排除那是動漫族群所謂的「cosplay」——角色扮演，但用這麼顯眼的裝扮出現在案發現場感覺就是想引起某種注意。

套句艾瑪說的：刷存在感。

「就算案發那天的晚上他大約凌晨兩點左右出現在那附近，也不能就此鎖定他是犯人。」阿多斯說。

「案發時間到底是？」

「依照屍體腫脹程度是凌晨四點下水的，致命傷是正面刺入要害，一刀斃命。」阿多斯沉思著：「就算是刀刺之後自己跌入水中，因此失血過多而死，也不太對勁，若是清醒著進入水中通常會有掙扎的痕跡，諸如氣道或鼻竇會有因用力呼吸而產生出血，但是死者卻沒有，感覺是死後才被丟進去的。」

「有人為了不明原因把屍體藏到凌晨四點才丟下水？」到底是誰？為了什麼這麼做？

還有那個鯨魚刻印……

「還有一件事。」阿多斯示意鑑識人員把幾張畫面調閱出來：「一個月前也有屍體有這個刻印……」

是「藍鯨」。

握緊了拳頭，覺得自己又有呼吸不順的跡象。他用力地深呼吸，強迫自己要維持清醒。

「然後，」阿多斯按了下一張：「這個人也有出現。」

雖然混在人群之中，但是那頭白髮實在太醒目。

「你們那時候沒有找到犯人？」他聽見自己從齒縫中迸出的聲音，冷硬而含有怒意。

「那時的案子確定是自殺，」阿多斯神色一閃，以眼神示意鑑識人員退開：「死者有留下遺書——」

他霍地上前抓住阿多斯的衣服，「那種東西……那種東西不能當成證明！」

「你有認識的人因為這件事而過世？」相對於他的憤怒，阿多斯冷靜至極，像是早就料到一般。他立即將手放開，轉過身去，避開了阿多斯犀利探究的眼神，「而且你在拒絕接受他有可能真的是因為自殺——」

「住口！」他發出幾乎像野獸般低哮的聲響回過身。

阿多斯就平靜地抑止了他的怒氣：

「這段期間我們在追查源頭，所以我希望你能幫忙。」

他停住。

「你說什麼？」

「我只是大膽做了個假設，」阿多斯指著畫面上的白子：「假設死者全都跟這名青年接觸過，而他又主動找你攀談，那麼，有可能你就會是他下個目標。」

「……要我當誘餌的意思？」他沉下聲，冰冷的口吻聽不出在想什麼。

「在我們的保護之下。」

只有在碰上這件事情的時候他會失去冷靜，可見對這件事的在意。比起這樣不知輕重的亂闖，不如由自己看著，又能讓他完成未竟之事。

這種腦袋實在太危險，不曉得會做出什麼事。一旦覺得事情無法順著他的意，乾脆自己想辦法解決，後果會更不堪設想。

「有可能他知道我跟警方的人有關聯，就轉換目標？」他問。

「依照他接二連三的徘徊在犯罪現場，又以這麼醒目的打扮出現，不覺得很有一種『來抓我吧』的意味嗎？」阿多斯看著他：「若你真的是警方保護的目標，或許他更覺得有挑戰性。會這麼冒險的選上你是因為你反應夠機敏，雖然我不希望有任何意外發生，但若有萬一我希望你至少能撐到我去救你。」停頓了一下，才又說：「不然，老闆一定會把我痛揍到面目全非。」

★

成為誘餌當然不是在身上掛牌子，所以他還是得回去做他原本該做的事情，像是上課練琴挨罵。

他繼續過他的生活，只是多了國家警察在暗處護衛。

老實說，他還真不喜歡走到哪都有人跟監。

好不容易，易沙意〈第六號E大調奏鳴曲〉終於讓老師沒再對他怒吼，夏爾覺得那就來試錄一下。

「順便參加地區賽。」

「地區賽？」

「全國大賽之前的熱身賽，一般我是懶得管你們要不要參加，可是外面那個一直囉唆——」夏爾不耐煩地抓著後腦，大概是助理一直叨念吧，「這次有三個人符合參加資格，叫我一定要你們去……我光做這種雜事就飽了還用幹其他的嗎！」

看來真的很煩躁。

「你不要以為自己不用練琴就可以去比賽啊！」他錯了，結果老師還是對他怒吼了。

不過感覺起來夏爾並不關心參加這種小型比賽的曲目，一方面這是針對青少年組，並不是世界級的比賽，二方面是認為依照他現在的實力應付這些綽綽有餘，所以也懶得理他要不要參加，感覺就是提一下有個交代。

他想了一下，反正沒參加過就玩玩看，或許有些人會把這種比賽當成某種熱身賽而很認真準備，他也可以有個觀摩對象。

於是就去助理那邊填報名表了。

「你們三個都要參加真是太好了！」助理的眼睛閃亮閃亮。

「三個？」喔……夏爾的確說過他底下有三個學生符合資格。
「是啊！」
「明明這麼討厭小鬼？」他記得夏爾講過很多次討厭小孩。
「只有你年紀最小啊，另外兩個一個是十七、一個是十九，好像也想要參加世界大賽。」
助理回得很順：「兩個都說是夏爾的樂迷才來拜師，只有你不是。」
他仔細看了眼賽級資格，的確是十五歲到十九歲。
「十七跟十六也才差一歲……」居然差這麼多，他是小鬼對方就不是嗎？差別只有是不是樂迷而已吧！
「喔對了，夏爾有特別吩咐要幫你準備錄音的事情，除了易沙意你可能還要練另一首。」
助理低頭看了一下記事本。
「隆．提博的錄音審核不是只有易沙意嗎？」他有些困惑地問。
「夏爾只說要我這樣轉告你喔，」助理表示她只是照吩咐行事：「而且只有你。」
只有他？其他人沒有嗎？還是其他人的進度跟他不同？
「曲目是我自己選嗎？那是要做什麼用的？」
「喔，曲目的話……」助理突然停住話頭，望向門外的人：「咦？剛好像有人在那邊？」

他立即跑到門口，聽見有下樓梯的腳步聲，回去把琴盒放在助理的桌前，匆匆丟下一句：

「我去看看。」

「咦？你的譜……」

助理話還沒說完，他就追出去了。

朝著扶手往下看，只聞樓梯響，不見人影搖，於是轉而朝上看，也沒看到任何影子。

在上與下之間，他選擇了向上。

一聽見踩踏階梯的聲音，那個腳步聲又啟動了。

確認自己的判別沒有錯，他更大步地向上跨幾個樓層，然而卻也看見高樓層的住戶正巧從樓上下來，看見他還一臉困惑，雖然腳步聲還在持續，卻成了相同的同一節奏。

頓時間，無法判別是從哪個方向傳來的聲響。

靜下來，閉上眼，仔細地聽了一陣，隨後睜開，轉身繼續朝上。

然後聽見上方的腳步聲加快，並轉換了方向。

他如同聞到氣味的獵犬緊咬不放，順著聲音跟去，某個樓層有門被打開又關上，然後踏著堅實的階梯而下。

到底是哪扇門被打開了，到底在哪裡？

仔細回想在建築物外有防火梯，應該是在右側。
他向右奔去，試圖找到那扇通往外面的門，可是打開之後，已經不見任何人影了。
於是他快速地向下奔去，然後敲了被派來保護他的國家警察的車窗。
看見他一臉著急地敲了車窗，他們有些困惑地降下窗戶：「怎麼了？」
「你們剛有看到任何人從樓上下來嗎？」他問。
兩名警員彼此看了看，說：「除了進出這邊的住戶跟學生，沒有看到任何可疑分子。」
絕對有哪裡不對勁，他想。
一定有什麼人在刻意迴避，才會一聽見有追逐的腳步聲就逃走。
所以，他是真的被人盯上了嗎？
回到助理那邊取回自己的琴準備離開，助理把一疊譜交到他手上：「來，你的莫札特。」
「莫……莫札特？」他瞪直了雙眼。
這種輕快甜美的音樂跟他不合吧？他比較喜歡巴赫，不然帕格尼尼也很好……
自從克服心理障礙之後，帕格尼尼跟他簡直快變成完美組合。
「『如果那小鬼拉不出來叫他去談個戀愛。』他是這麼說的。」助理又噗哧噗哧地笑。
「誰規定拉莫札特一定要談過戀愛。」手上的譜差點拿不穩，他不自在且僵硬地把譜收進背包裡。

「喔，臉紅了。」助理笑嘻嘻的，小弟弟就是這點可愛。

正好琴房傳出小提琴聲，他跟助理同時停下來聽了一陣，是貝多芬的〈第五號小提琴奏鳴曲第二樂章〉[29]。

「你見過他嗎？這個也是很厲害的喔……」助理一臉陶醉。

技巧的確非常精湛，而且音色也很漂亮，只不過……聽這人的詮釋，總有些違和感。

不過這太主觀，或許他該放下成見。

他收回視線，提起小提琴，就離開了夏爾的工作室。

進到尚－雅克的車上，他關上車門，接著開口：「你也是拉小提琴的吧？」

「咦？」他突然開口這麼問，讓尚－雅克嚇了一跳。

「我還沒聽過你拉琴，」他說：「我想聽你拉莫札特。」

★

尚－雅克不曉得在緊張什麼，說要練琴之後再拉給他聽。

他感到不能理解，又不是老師要驗收，拿出平時的水準就好，他也不至於自大到要指導，只是想做個參考。

不管怎麼說，尚－雅克肯定是談過戀愛的吧？

不過因為本人很堅持，他想了想，或許又是什麼大人的自尊心之類的理由，也只能尊重當事人的意願。

於是約了週末去聽莫札特，順道看夏爾音樂會的影片。

這麼說起來，他除了去找夏爾尬琴之外，並沒有真正聽過這個人的音樂，只知道是姑姑中意這個人成為他的指導就去執行了，只因為相信姑姑的判斷。

姑姑雖然任性且強勢，但終究是名優秀的演奏者，他覺得姑姑一定有她的理由。

而尚－雅克既然是姑姑的學生，實力不見得差到哪裡去，只是看能發揮出多少。

有時不是做不到，而是不得要領。

看著擺在桌上的手機，打從一開始看到那個遊戲標題就完全不想碰觸，總感覺有些什麼會將他排山倒海的淹沒。

「Blue Whale」，這個不知是刻意或是無意取了同樣名字的遊戲，雖是做成手遊的外在形式，但內裡是否為換湯不換藥的本質，他還是得去面對。

也許現在的他，能夠接受這一切了。

下載遊戲，安裝，然後申請帳號，在看到設定ＩＤ的時候遲疑了很久，結果鍵入了弟弟的名字加上生日。

之所以敢用這樣的名稱，是因為除了認識他的人以外，照理講不會有人認為「行星」是真名，何況他再也沒和人提過自己曾經有過雙胞胎兄弟，而他的名字叫「行星」。

在輸入弟弟的名字時，心跳得好快，手抖得差點打錯字，對他而言，那是一個既懷念又令人想哭泣的字。

遊戲性質為ＳＩＭ，也就是互動式模擬遊戲，玩家可以跟虛擬角色互動，也可以彼此之間互動。基本上是人工生命的模擬遊戲，一般這樣的遊戲可以創建複數角色，但「ＢＷ」只有一個。[30]

設立ＩＤ完畢之後，就會開始loading，接著會有新手任務要完成，完成任務之後會獲得一個道具，可以拿來裝飾虛擬空間，或是成為小鯨魚的寵物，像收集寶可夢。

小鯨魚的外表顏色可由玩家設定，要將小鯨魚養大，不然它會死亡，而餵食方式，就是每天用故事餵養它。

如果小鯨魚不喜歡這個故事，會說：「這個故事不好吃。」然後自動選擇擱淺，接著會出現鯨爆畫面。鯨爆畫面相當殘忍，肚破腸流只是普通，鯨魚會用各種不同的獵奇方式死亡，接著就會一切歸零，需要重來，包括所有的道具及虛擬空間中的一切。

如果鯨魚喜歡這個故事，在往後互動的對話中，就會使用故事中的字句。

有人的樂趣是每天上來殺鯨魚，覺得這很紓壓；有人的樂趣是看小鯨魚用自己選擇的文字互動；有些人是收集寵物或道具，把虛擬空間裝飾得美侖美奐，也有些人是上來和其他玩家互動。

自己餵食小鯨魚的故事同時也會讓其他玩家看到，而且是強制公開，玩家可自行選擇要不要回應。

而小鯨魚最喜歡或是最能接受以及最會使用的故事或字句，大部分都是悲傷或獵奇的故事，驚悚或鬼怪也可以，血腥暴力更是歡迎。

玩家們之間相互傳聞，認為這個 AI 的智慧很高，到底是怎麼知道這個故事是不是真的符合暴力血腥獵奇黑暗，真的可能從文字中就判別嗎？

然而除卻關鍵字之外，若故事本質不符合餵食標準，還真的會立即出現鯨爆畫面，無一例外，而且不能重複。

那麼，鯨魚養大後要做什麼？

據說會傳送到一個奇特的空間，但那個空間裡到底有什麼，至今還沒有人進去過。而有些以封頂為成就感的玩家，就因此為了能進入最高空間而留下，繼續嘗試各種破關方式。

這對他而言實際上並不是很舒服的遊戲方式，難度太高。首先，他不是小說家，要不重複的悲哀故事就得到處找，而自己寫不出來，非常耗費時間。再者，就算不是專精於文字，也不想感受太多負面情緒，別忘了莫札特要甜美可愛！

然而，就算改成去看任務欄位的任務，也會發現那些任務詭異到不行：「與你正在看的驚悚片合照，上傳至遊戲」、「與你被開的罰單或違規事跡合照，上傳至遊戲」，或是「在你霸凌的現場與被霸凌的同學合照」……

後面那個規定實在太詭異，他很想去翻翻看遊戲裡真的會有這種照片嗎？然而他才剛離開任務畫面去找其他照片，就跳出視窗：「請先交換你的照片」，接著自動開啟相機鏡頭。於是他立即把手機丟開，並把室內的燈光關閉，站在開關旁，以看怪物的眼神看著自己發亮的手機螢幕。

他不能確定那短暫的幾秒有沒有照到他的臉或是他房內的擺設，但很確定的是，這的確是個換湯不換藥的「藍鯨遊戲」。

★

文字是否有其傳染力及影響力存在？

我們每天大量接觸的資訊，不論是正面或是負面，是否會對我們的思考產生影響？

若長期浸淫在同一種思維中，是否會對人格、價值觀及判斷造成影響？

這種問題或許就像「玩暴力遊戲是否會造成犯罪」一樣，每個人回答絕對都不相同，甚至還可能引起論戰。

然而一個人的性格及言語或行為表現，跟心中的想法並不是沒有關聯，即便是說謊，也有外在跡象可以判別。

但可以確定的是，當強度增加而數量夠多且恰巧精神脆弱的時候，難保不會成為另一種形態的「洗腦」。

他感到不愉快，想將遊戲關掉，就在此時，看見了全遊戲放送的故事，應該是剛剛有人用了這樣的內容餵食鯨魚：

「我是名猶太少年，剛從美國到巴黎。到巴黎的原因是要成為一名小提琴家，然而大家都不知道的是，其實我是雙生子中剩下來的那一個，而另一個死於自焚，是我殺了他——」

他感到自己的心跳聲超過了聽覺，憤怒在胸口蔓延。

「哎呀，真可惜，這個故事不好吃。不過沒關係，星星，我終於等到你了，這比什麼都令人喜悅。」最後，畫面上出現了這行字：「來、找、我、吧！」

是誰，到底是誰？

為什麼會知道這件事？

照理說這應該是個全新的開始……即便在他心中，弟弟下葬時的那場雨從未停過，但他刻意不去回想，想假裝一切都還在，只是他離家遠行而已。

然而，似乎可以看見那掛著得意笑容的嘴角，和隱藏暗處的身影，朝他伸出手，彷彿要將他拉入更深的深淵。

畫面上開始出現成千上萬條訊息，幾乎要遮滿了整個螢幕：

「自焚？也太痛了吧！」

「哇靠，這是下了多大的決心要死啊！」

「演電視劇來著？」

「悲劇的英雄啊！」

「沒上社會新聞嗎？什麼時候的事？我要看！」

「不，可悲的是鯨魚吞了這個故事居然暴斃惹。」

「意思是連鯨魚都不屑吃嗎？」

「大概是覺得很蠢吧？」

住口、住口、住口！

螢幕上所有的文字化為有聲的字符在空間中盤旋，引發內心的咆哮，摀住耳朵，卻還是抵擋不了灌入耳中的聲響。於是他狠狠地將手機甩出，砸到牆壁上。手機螢幕的光芒熄滅，空間裡恢復一片漆黑。

望著天花板那如同要吞沒所有的幽暗，空間裡的寂靜讓空間外的夜晚顯得喧囂，想起五歲時聽到雅各故事的那個晚上，他也曾經見過同樣的黑。

起身，拿起小提琴，離開了屋內。

知道自己沒辦法一個人待在這裡，他一定會發狂。

他是恆星，但他的光芒照亮不了自己的黑暗。

★

人有些時刻必須面對孤獨，孤獨才能照見自我。和自己坐下來對話，沉澱之後，找出生命的答案。

在他明白這個道理前，他已經這麼做了。尤其是在往後的歲月裡，太多只剩下他獨自一人的時刻，有時會模擬父親可能會給的答覆，有時則推測母親會給他的回應，也有時，他會猜測，弟弟會說些什麼。

然而，更多的時候，他會問自己到底想要什麼？更深的向下挖掘自己內心的聲音。

很多人生的問題即使去問別人，所得到的答案也未必是自己想要或能接受。與其如此，不如自己去尋找，即使做出錯誤的選擇，後果也是自己所必須承擔而無法責怪他人。

出門之後才想起自己是被保護的狀態，首先要做的就是甩掉他們。

他不想花費心力去回答：「我為何要出門？我出門是為了什麼？」而執意將自己孤立於人群之外。

即便知道自己的舉動可能會替自己招來危險，但他現在顧不了這麼多，只想找個地方安靜。

於是，他離開住處的大門之後，就朝著車站走去。

他知道停在對街不起眼處的車就啟動了，於是他跳上了巴士，巴士轉了幾圈，他下了車，又跳上了另外一輛，就這樣在巴黎市區內轉來轉去，而在一次擁擠的下車人潮中，竄入不曉得哪條巷道去，跟他的人就把他給追丟了。

明明還提著琴盒，居然可以這麼靈活，才一眨眼的功夫人就不曉得到哪去了。

他們只好硬著頭皮打電話給上司。

「不見了？你們兩個大男人還搞不定一個小鬼？」阿多斯的白眼都要翻到月球去了。「他的手機呢？沒用GPS定位嗎？」

「沒有訊號。」被小鬼擺了一道的確有失顏面，再次證明這小鬼的確很危險，如果走偏了不曉得會把這種腦袋用到哪裡去。

阿多斯感覺自己頭好痛，切斷通話之後就抓起外套去找潘老闆。

「你家小鬼走丟了。」阿多斯一坐下來就揉著額側。自從認識那小鬼之後頭髮到底白了多少？

「你是來讓我取笑你的？」潘老闆呵呵笑：「好歹你也是經驗豐富的警察，讓人從你看管下消失可不是件好事。」

「你笑吧，最好笑死算了！」阿多斯不滿地咕噥著。

「他求救了嗎？」潘老闆倒了一杯酒給阿多斯。

「他不是不會求救嗎？」阿多斯可沒忘記那小鬼居然可以自己跑去招惹扒竊集團，搞出麻煩還要收拾殘局。

「有時他沒求救就別理他了。」潘老闆灑脫地說。

「……你在開玩笑？」明明最護著那小鬼的就是老闆！

「他跟你有約定，如果是案件的事情就應該會跟你說，若不是，那就是他想自己面對的事，在旁邊看著就好。」

「意思是沒危及安全的事情不要理他就是了。」阿多斯不覺得可以跟潘老闆一樣樂觀，如果那小鬼又闖什麼禍，要收拾殘局的人可是自己啊！

「你也可以直接派人守在他家門口，不過我猜他還是會想辦法把人給甩掉，結果變成他的破解遊戲。橫豎都管不住，不如隨他去，受到教訓就會學乖了。」

「老闆，你這算溺愛小孩喔！」

「你是沒聽見『受教訓』嗎？」

所以「臭小鬼」到底跑去哪裡了呢？

跑去十九區的山丘公園拉了一整晚的莫札特。肖蒙山丘公園是全天開放的，但他為了避免影響到人，還是進到比較深的地方。

其實他在甩開國家警察的跟監時，想過各式各樣的方式：去音樂院的琴房，或是去借用什麼場所，但都不可能讓他耗上一整晚，只要有人住的地方就會有吵到別人的疑慮。想來想去，除了跑到山上實在沒別的地方。

待在室內絕對會瘋掉，他不想面對一室的黑暗跟不斷湧出的控訴與悲傷，這時候可能莫札特或許是個適合的存在，為了撫平某種情緒。

大部分的人會在悲傷的時候聽悲傷的音樂，那是一種導引作用，或是一種內在共鳴，所以失戀的人會唱失戀的歌，感覺到這個世界上還是有人同理，這是經過科學證明的。

但他卻偏偏反其道而行，並不是刻意為之。他既不是為了療傷，也不是為了抒發，而是為了平靜心思，為了冷卻情緒，所以，他選擇了平時不會做的事情——練莫札特。

他只是對莫札特很不拿手，並不是討厭莫札特。

等到太陽出來，人開始漸漸多起來了，他才收拾離開，搭車回去睡覺。

拖著發瘦的手跟疲乏的身軀到了公寓樓下，看到了阿多斯。

「你甩掉了我的人，最好有很好的理由。」

8

結果就被阿多斯拎回家去看管了。

在法國，因為並沒有明確的規定未成年幾歲以下不能單獨在家，於是成了司法的灰色地帶。雖然可以以「放任未成年人無人伴隨、照管」責罰兩年或以上的刑期，但若沒有什麼重大罪情，基本上來講還是睜隻眼閉隻眼。

迪博拉的確是委託尚－雅克照顧他，可是他不想去尚－雅克家，不但是因為尚－雅克另有同居人，根本住不下，更是他想要有自己的空間不想受到約束，所以寧可自己一個人在家也不要有人在同個空間裡，那會令他感到窒息。

不過這下子還真是沒得選了。

雖然再三強調不會再犯，但阿多斯顯然是吃了秤砣鐵了心，硬是把他給拎回去了。

「上次的線報跟這次的深夜遊蕩，還有你未成年獨自在家，何況又甩掉了警察的看護……如果我要追究你姑姑的責任，可用的罪名有一大堆。」阿多斯朝他用力噴氣，他只能向後縮著頸項挨罵，「你把你的機會用光了，小朋友，乖乖接受管束吧！」

「不是聽說法國人要很親近的朋友才會帶回家嗎？」他試圖想打消阿多斯的念頭。

「我一個人住，我值班的時候，你就給我乖乖待在辦公室。」

「你也不必責任感這麼重……」他小聲的說。

「沒這種性格也不會當國家公務員！」真是振振有詞……

「可是我要練琴……」很微弱的掙扎。

「我會給你審訊室。」阿多斯完全沒得商量，見招拆招。

在審訊室內拉琴？隔音效果是不錯啦……可是能夠公器私用到這種地步嗎，這會被檢舉的吧！

不過，到了阿多斯家之後，才發現他一個人住在巴黎近郊的獨棟大宅院裡，難怪覺得多一個人沒差。

「一個人住這裡不會太大嗎？」他好奇地左右張望。這樣跟鄰居有段距離，就算是深夜拉琴應該也不會被抗議……

「有時我會睡宿舍。」阿多斯停頓了一下，「知道了，直到你姑姑回來為止，再晚我都會回來。」

「……也不需要這樣……」超級心虛。

「只要我回來沒看到你，你就知道我會怎麼做！」阿多斯又惡狠狠地威脅：「再違反約定我就把你關起來！」

好吧，看來他信用破產。

雖然編派個理由說自己只是睡不著所以跑出去，阿多斯顯然並不相信，但也沒多問，跟名義上的監護人尚－雅克聯絡之後，叫他選個自己喜歡的房間，就回去上班了。

整晚沒睡再加上練琴很消耗體力，他倒在沙發上就睡著了，滿腦子盤旋的都是他拉了整晚的莫札特。

看來還是太洗腦，但現在的他需要這樣的洗腦。

★

清醒之後，看著陌生的天花板，斜陽入屋，空間內一片橘黃昏暗，靜到聽得見遠方傳來的聲響，是如此的清晰，郊外的車聲，鳥鳴，蟲叫……一時間不曉得自己在哪，只知道自己頭昏腦脹，而且……他看了看周遭，發現自己不曉得是怎麼睡的，居然滾到地板上。

看來他真的太累了。

屋主還沒回家，於是他又躺回舒適的沙發上，望著隱沒在暮色中的天花板發呆。

照理講發出訊息的人應該不可能知道他登入遊戲了，除非對方在他的手機裡植入病毒，所以他大膽推測那是個釣魚的手法，對於每個新登入的人都發出同樣的訊號，想測試新加入的人是否是對方要尋找的。

沒有任何的證據證明遊戲跟案件有關，也無法證明那個知道他是「星星」的人和這整件事有什麼關聯，甚至不能證明有什麼相關人士牽涉在其中，即便隱約有這樣的感覺，若沒有充分的證據，司法警察也不會因為「他的感覺」而立案出動。

在這種空窗期，除了靠他自己收集，恐怕也沒別的辦法。

未成年真是麻煩的身分，看來他最大的敵人不是其他，而是他的「未成年」。就像他明明十六歲就拿到駕照，可是因為法國要十八歲才能駕車，所以他也沒去換國際駕照，就這樣乖乖等十八歲。

可是要怎麼做……有沒有什麼地方是突破口？

只能夠花時間去進行遊戲和那些討厭的任務嗎……老實說他對於遊戲流程實在很反感，何況這個遊戲其實鎖十八禁，他算是違法下載，被阿多斯知道了一定又會挨罵……所以不可能叫國家警察動用權限去調查整個平台，他也不想打草驚蛇。

嗯，問他那平台上其他的人難道都滿十八？他是不這麼認為啦！雖然說這是十八禁的遊戲，但又沒什麼身分審核的問題，頂多問個「你滿十八歲了嗎？Yes！No！」這種意思意思的限制，一定一堆人因為這種限制所帶來的刺激跟好奇跑去下載，尤其是十八以下的……

再者，他若要求調查平台，在「尚未查證有不法情事」的狀態下，這也算是侵犯隱私權，帳號這麼多，要追查ＩＰ位址也很困難，況且可能還有分身帳號的問題……

分身帳號！

他猛然從沙發上坐起來。

他怎麼會忘了這件事！

接下來就是央求阿多斯不要限制他的行動，甚至他希望能有些權限可以自由調查……不過這是妄求。

他跳起來，在屋內邊走邊思考。

除了那次的牌局沒有另一個人合作真的不行以外，大部分的時間，他都是想到就去執行，不太想麻煩別人，也不想跟別人商量或討論。其一是他很相信自己的判斷，不需要太多意見；其二是他不希望因此拖累別人，反而造成他人的危險或困擾。他覺得只有自己還好處理，但是多了他人則是種……「負擔」。

他沉下臉。

原來他也是這樣看待別人的嗎？

或許太過自以為是了。

汽車聲由遠而近，是阿多斯回來了。

阿多斯進屋之後，看到他，淡淡的說：「我想你有話要跟我講？」

他點頭。

「不急，去老闆那吧！」阿多斯停頓了一下，然後蹙起眉：「我也有話要講。」

★

以客人的身分去潘老闆那是種新奇的體驗，平時他都在隔壁酒店拉了琴之後，順道過來吃東西，感覺起來比較像是接受餵食，所以正式坐在餐桌前這種事情從來沒有過。

「你們去那邊吧，比較隱蔽。」潘老闆示意角落的一個座位，阿多斯跟他就移動到那邊去了。一坐下來，阿多斯就說：「之前塞納河浮屍案破了。」

他詫異地瞪大眼睛：「兇手是什麼人，跟遊戲有關嗎？」

「因為有觀光客被勒索來報案，所以抓到在那一帶犯案的集團，後來才知道他們先前曾經因為地盤問題跟死者有衝突，應該是雙方鬥毆的時候殺害的。」

「所以去告密的扒竊集團應該也知道這件事？」結果還是為了要除掉他這個妨礙者而刻意把罪名冠在他頭上，嘖嘖……

「大家都不會告彼此的密，是那一帶的默契。」阿多斯說完，接著問：「你剛才說什麼遊戲？」

他沉默了一下，然後說：「不，沒什麼事了。既然破案，那意思是我恢復自由了？」

阿多斯皺眉，好像有點不情願，大概先前讓他為難的也是這個原因：「你姑姑到底什麼時候回來？」

既然破案就沒道理把人放在身邊，何況阿多斯非常忙碌，如果這小鬼和案件有關聯還能以此為藉口帶著到處跑，若沒有，他就是一般市民，得放回去過他原本的生活。

他的家長委託的照顧者可不是國家警察！

「下個月。」他說，也就是三個星期之後。

這麼說起來進錄音室是下星期，他的莫札特還沒練好，有點可惜阿多斯那個獨棟大「豪宅」了，多適合半夜練琴啊！只要屋主不反對。

「所以你本來想跟我說什麼？」阿多斯總覺得他隱瞞了什麼。

「沒什麼大事，我本來就只是想問，如果我保證乖乖的，是不是就可以不用去你那裡，」他輕快地說：「房間實在太多了好難選！」

既然沒有理由再扣留小鬼，吃完飯後，阿多斯就送他回去了。

讓他下車之後，阿多斯接到部下的車內通訊通知：

「還要繼續跟著這小鬼嗎？」

「你們先回去吧！」切斷通話之後，阿多斯沒思考太久，就用車內免持撥了通電話給自己的上司：「某人總是叫我要休假，我決定如你的願了。」

「在這種時期你居然要休假？」上司給予不可置信的回應。

「特休就是要在特殊時期使用的。」意在言外。

「你最好會帶著很好的『伴手禮』回來給我。」上司聽懂了。

「這個不好說呢！」阿多斯只是笑了笑。

★

這件事還沒結束，他可以很明確的感知到這點。

殺死胡安的人並不是那名白子，但深夜出現在案發現場附近的人的確是他沒錯。

那名白子屢次出現在案發現場真的只是恰巧嗎？第一次也許是，第二次也許還勉強說得過去，如果……

此外，還沒解開鯨魚刻痕的存在，目前看來應該是死後才加上去的。

他不認為那些暴力集團會這麼費工的還幫屍體偽裝……雖然不能否認可能是想混淆警察的辦案方向，但可能性極低，畢竟爭地盤一定是眾所皆知的事情，就算大家都有彼此不告密的默契，想混亂偵查方向也一定還是會被知道，頂多就是拖延一段時間而已。

看來「順水推舟」也要考慮進去，什麼人利用這件事想達成某種目的……

而胡安的老闆——那名毒梟老大，應該不會想太過張揚，才剛來巴黎，也會潛伏一段時期才開始行動吧？不然也不會選擇把女兒當成籌碼了。

那麼，到底是誰？為了什麼這麼做？

只覺得一切都在迷霧中，而且又回到了起點。

還有那個「來找我吧！」……

他沉思了一下，無奈地雙眼上眺。

看來還是得硬著頭皮再進去一次遊戲，可是只要想到那些文字跟言詞就感到全身不舒服。

週六重新辦了支門號，下午就去聽莫札特了。尚－雅克訝異他居然會把手機摔壞，還很意外他居然很堅持要換號碼。

「到底發生了什麼事？你又做了什麼？」

「被可怕的人喜歡上了。」講這句也不全然誇張，至少從對方的口吻聽起來，那的確是見到獵物的興奮感。

敵暗我明，實在不是件令人愉快的事。

「那個人騷擾你？」艾瑪端著她做的蛋糕跟紅茶過來。

「妳也要聽？」尚－雅克一整個不自在。

「有什麼關係？以後你的音樂會，我也會去啊！」比起尚－雅克的緊張，艾瑪倒是很愜意地把杯子跟盤子放好，擺明了就是模擬餐廳。

「我可以幫你的弓上好松香喔！」他落井下石，拿起叉子，很期待眼前可口的蛋糕。

「不必了！」

深吸一口氣，尚–雅克正要拉的時候，他出聲：「等一下。」然後放下叉子，到鋼琴邊，把蓋子掀起：「沒有伴奏聽起來還是會少了點什麼。」

「你會彈鋼琴？」

「母親是鋼琴家。」而且弟弟老是不願意學，不忍媽媽失望，就換他學了。「我以為會兩種很正常？只是哪個比較擅長而已。不過我鋼琴彈得不是很好，你將就一下。」

由於大部分的時間都在拉小提琴，他鋼琴的程度，只到差強人意的地步。

「是這麼說沒錯啦……」也好，如果他在彈琴大概就不會對自己過度專注了。尚–雅克如此一想，好像又覺得還不錯。

莫札特的〈第三號小提琴協奏曲〉[31]，原本是莫札特的練習作品。因為莫札特當時到處旅行，便會把聽到的音樂元素融入作品之中，而反映出當時地區的音樂風格。

換個角度想，或許現在所謂的「古典樂」，其實就是那個時代的「流行音樂」也說不定。

所以古典與現代，只是相對概念，而不是絕對。

尚–雅克只要進入拉琴的狀態就絕對專注，而且投入，開始前的緊張感很快就消除了。依照特質是屬於中規中矩的類型，但似乎意外的適合拉莫札特，在表現跟詮釋上都相當出色。

因為他只說要觀摩第二樂章，所以很快就結束了。

「……看來是弓的問題。」尚－雅克拉完之後，他若有所思地說著。

「什麼？」尚－雅克看了看自己的弓，弓毛是新的沒錯，可能松香吃得不夠，所以音色不太完美吧？

「我是說弓法，」他拿起尚－雅克的琴，然後拉了剛才曲目的其中一段，「這個部分可以這樣。」換了一種方式再拉一次：「你可能會更好運弓，力道也可以比較輕鬆，音色應該會更好。」然後把琴跟弓遞回去給本人，又坐下來繼續吃他的蛋糕。

尚－雅克試了一次他說的弓法，果然比較好運弓，雖然不是屬於可以炫技的弓法，但在音色跟表現上都很適合。

「我很在意好聽的聲音，」他說：「如果專注於炫技卻拉不出漂亮的音色，我會覺得本末倒置。技巧好又能拉出好的音色，那很厲害，我不覺得自己目前已經到達這種標準了。」

但他的確有很好的耳朵，迪博拉注重的是學生拉琴的技巧跟表現，而他在意的是音色跟詮釋，雖然尚－雅克一直覺得自己琴藝十分普通，也不是非常出色的樂手，但現在又燃起了一絲絲考樂團的希望。

尚－雅克把琴收拾好之後，他們就一起看夏爾音樂會的影片。

出乎意料之外，夏爾那種不修邊幅、脾氣又不好（只針對他）的性格，居然可以把巴赫拉得跟莫札特一樣甜，害他看到傻眼，於是轉去聽夏爾拉的莫札特、貝多芬，甚至連夏爾拉的柴可夫斯基〈D大調小提琴協奏曲〉也聽了。

好吧，可以理解為什麼夏爾會說：「拉不出來去談個戀愛」。這人的音樂情感表現非常豐富，連揉弦都揉得很性感，他都快看不下去了……

該怎麼形容才好呢……大概是女樂迷會尖叫的那種。所以來拜師的學生是想學如何受到女樂迷的歡迎嗎……也不是不能理解啦……但那不是他這種「小鬼」會明白的境界……也不想懂！

不排除可能是台上台下表現不同，畢竟夏爾平時對助理也很不假辭色，雖然被管比較多。

「你沒找夏爾先生當指導老師的原因是什麼？」他轉頭問尚－雅克。

尚－雅克突然被這麼一問，愣了一下才回答：「我喜歡迪博拉老師的表現法……老師是屬於技巧高超又有獨特魅力的類型，第一次聽就迷上了……」

「所以你也是樂迷？」他記得去找夏爾的另外兩個人都是夏爾的樂迷。

「啊哈哈……算是吧……」尚－雅克覺得在當事人的姪子面前這麼說還真是尷尬。

「你不想學如何受女樂迷歡迎的表現法嗎？」

「欸？」尚－雅克被他問到傻住。

★

跟艾瑪要了舊手機，去找了預付卡。幸好艾瑪沒多問，以為他就是被騷擾得很煩，又是要戴眼鏡又是要換門號的，還問哪位小姐這麼熱情。

尚－雅克於是叮嚀如果去接他人還沒有到前不能出門，會直接上去敲門諸如此類。他只能乖乖點頭，沒說自己大半夜會跑去山丘公園練琴。

他的生活彷彿有了兩種模式。

面對人的時候，他是開朗且樂觀的，然而回到陰暗的屋內時，卻陰鬱而憂傷，無法成眠。於是他只能去練整個晚上的琴，讓自己疲憊到再也沒有多餘的力氣，然後入睡。

而拿到手機的這晚，他到了可以使用免費網路的地方，用手機登入原先用弟弟名字申請的ＩＤ，然後在玩家搜尋中輸入之前梅斯蒂給他的帳號。

他也沒想過自己有一天會用到這個，幸好沒把這張寫了帳號的紙當成紙屑扔掉。

找到了梅斯蒂的帳號之後，沒有遲疑很久，就傳了私訊給她：

「有些事情想拜託妳，看到訊息可以回訊給我嗎？」

等了很久沒有回應，看了一下狀態，確實也是離線中，他想或許是還沒上線。看看時間，前往山丘公園的車已經是最後一班了，既然今晚無法練琴，那就只能好好面對這件事。

約莫過了一個多小時，他的想像練習不曉得做了幾輪，終於有了回傳的消息。

「我不想跟你說話，也不想幫你。」

他刮了刮鼻梁，看著回訊。看來兩個梅斯蒂都討厭他，雖說也是他自找的。

「是關於胡安的事情。」

「那就更沒什麼好說的了。」

「那我換個方式，」他知道自己這樣很不應該，但還是試著盡可能的得到想要的訊息——趁著對方還願意回覆的時候：「後來妳就沒來學校了，到底是發生了什麼事？」

另一端沉默了很久，久到他以為已經用完了對方的權限，然後，對方又丟了訊息過來：

「原來你還會關心。」

他不知道該怎麼回應這種問題，可是他不能中斷對話。

「我知道妳的處境很困難，也知道妳很需要幫助，可是……」他推測這步棋可能會造成反效果，但是覺得話還是說清楚比較好：「同情不能當成愛情。」

對方沒有任何回應，但狀態顯示還在線上，他只好繼續說下去：
「現在的我並不是完整的，無法回應任何人的情感，所以，我們只能成為朋友。」
他停住，看見對方回：
「我沒有要完整的。」
「是，也許妳並不在乎，但是現在的我無法愛人。」停頓了一下，然後又說：「我連我自己都不愛，所以，給不出妳想要的。」
他忙著把自己修補回去，實在也沒力氣愛人，至少現在是如此。
生命中有太多的疑惑，想要一一找尋解答，但在這過程中，恐怕沒有心力放在一個他很重視的人身上。他想要的是「夥伴」，能和他一起奔跑，為了共同的目標而努力，而不是留守原地等他。
也許是有這樣的前提，即使後來遇到了很多人，都覺得少了什麼，直到他遇到一個思考能追得上他的人。
於是，對方看到這樣的回應之後，又陷入長長的沉默。
然而，他說的並不是推托之詞，而是很誠實的給對方一個理由——也或許看起來像藉口的說明。

「……你實在太狡猾了……你都這麼說了，我還能說什麼！」

他鬆了一口氣，假使對方很積極地說：「沒關係那就換我愛你」之類的話，他會覺得對方根本不曉得自己在講什麼。

通常會很輕易地說出這種話的人，都只是「以為」自己做得到。

他不想自私的對為他付出的人予取予求，尤其是愛情。其他的善意，他僅能在自己能力範圍內盡量回報……但愛從來沒辦法放在天秤上比較是否是等價交換，當有一方覺得不平衡的時候傷害就會造成。

所以，寧可不要靠太近。

「……你想要我幫什麼忙？」

看來對方能接受他誠懇的說明，也許是他運氣好。

「在這之前，我想先知道胡安到底怎麼了？他沒帶妳離開嗎？」他先提出了第一個問題。

對方沉默了好久，才送出：

「原來是你。」

他只能回以一個問號。

「胡安突然跑來跟我說要帶我走，我覺得莫名其妙，當然不可能答應，何況他又不是我喜歡的類型。他說你不可能成為我的王子，可是他會，他願意解決我的問題。我告訴他，憑他是不可能給我我想要的生活，他說他會證明給我看……」

「後來他就死了？」看來是因為要給公主過好日子所以侵犯到別人的領域了。

「爸爸非常生氣，認為這樣會引起警方的注意，在這種時刻不可以有多餘的麻煩，所以我們先離開巴黎了。」自然不用再上語言學校，她的事情也因此被放置在一旁。

「感覺起來胡安也是保護了妳……」雖然只是暫時的，而且這代價有點高。

再者，不管怎麼說，如果到了非得離開巴黎不可的地步，代表原先想用結婚當成交易的那個人也是事情一發生就切割得很清楚，毒梟老大應該知道這人不能當成合作對象，暫時也不會再把女兒賣掉才是。

「暫時」。

「我想知道到底是誰告訴妳，我是猶太裔。」他提出了第二個問題。

「原先我並不知道，是因為同一個故事重複出現好幾次，而且是不同人送出來的。」

他呼吸一窒。

「哪個故事？」

「為了藍鯨遊戲自焚的那個。」

★

看到這世界上有人過得比自己慘是某種安慰。「原來不是只有我這麼慘，還有人比我更慘」。以別人的悲劇來餵食自己的某種缺乏或憤怒，不管這樣的故事是否真實，總是一種排遣跟紓解。

梅斯蒂知道自己某方面生活算過得不錯。身為毒梟的女兒，又是唯一的女生，她的價值就是爸爸換取利益的籌碼。比起哥哥們互相爭奪表現跟位置，大家都想要得到爸爸的關注，她是特別的，她的價值哥哥們比不上，哥哥們反而都要來討好她。

但她同時也因為自己只是「換取利益的道具」而有許多的憤怒，因為她無力決定自己的命運，甚至連自己要喜歡什麼人都無法決定，在她心底多少有種悲劇女主角命運的淒美感。

她既任性驕縱，同時又自卑無價值感，再加上生長環境使然，使得她對於這樣的遊戲十分感興趣。

反正人生沒什麼好事，好事讓人反感，她相信黑暗才是真正的人生，因為人性是黑暗的。

比起粉飾太平的喜劇，她覺得悲劇更真實貼近人性。

在這個世界上，大部分的人都活在悲劇裡。

就在將近一個月前，她發現不時的會出現同一篇故事，雖然描述手法不同，但內容大同小異，不外乎：「猶太少年」、「雙生子」、「自焚」、「小提琴」……之類的，老一點的玩家如果有在注意跑馬燈的，其實都會發現。

她實在覺得很奇怪，於是傳訊給最近發文的ＩＤ：「你是不是養了很多分身帳號？都用同一篇不會膩嗎？」

「所以你是『星星』？」對方很快的就丟出回應。

「星星？」她愣了一下：「我有同學的確叫這個名字。」

「他是不是長得很瘦弱又一副很假掰的乖乖牌模樣？」對方突然變得很積極。

「你很沒禮貌，那叫斯文！」

「喔，聽起來妳喜歡他？」對方又補了一句：「果然女生都喜歡這種虛偽的類型。」

「你憑什麼這麼說？你跟他很熟嗎？」

「我見過他，更正確的來說，我認識他。」對方只說到這裡，然後轉了話鋒：「他是拉小提琴的嗎？」

「我不清楚……」梅斯蒂想了一下：「不過好像看他在六區拉過……」那時圍觀的人很多，記得她家的車經過時，她有多看了兩眼。

而她也是因此覺得在拉小提琴的他……閃閃發亮，真的很像星星一樣。

「妳同學有在玩這個遊戲？」

「沒有。」她曾經希望能跟他有共通的話題而勸誘過，但他的態度就是沒興趣。說實在話還真的滿傷她的自信心，畢竟她自認外貌還算稱頭，也是很多人要討好或追求的對象，而且還不分性別！

「如果妳能讓他加入遊戲，我可以拜託管理者直接給妳權限進入破關房間。」對方如此說：「妳在這個遊戲的身價就會不同凡響喔！」

那個神祕的破關房間至今還沒有人進去過，高階玩家都想進入這個房間。這個人說得沒錯，只要能進去，她在這個遊戲社群中就會變成「特別」的。

人都想要成為「特別」。畢竟這個世界有七十億人口，很容易就會淹沒於人群之中而顯得渺小。一方面說著自己很平凡，一方面又渴望與眾不同。因為不想承認自己希望與眾不同，於是只好用群眾的力量打壓別人跟自己一樣平凡。

只要大家都一樣，就不會有誰是「特別」的了。

9

原本要錄音的時間變成夏爾直接帶著他去見某人。

「這位某人是……」總覺得自己是要被帶去賣掉，至少也要先問清楚是要被賣給誰。

「某個礙眼到極點的傢伙！」夏爾不耐煩地說。

「既然夏爾先生討厭對方，代表對方也是個很厲害的人物囉？」他若有所思地說著。

「可是我最討厭的是你！」夏爾真是忍不住要怒吼。

到了十九區的音樂廳，對方好像是今天要彩排，所以在某個小型音樂廳練習，他們推門進去的時候，看到的是大約二十人配置的弦樂團，和一名非常年輕和他可能差不了幾歲的女性指揮，以及坐在台下，輕鬆愜意地看著台上練習的音樂總監。

總監一看到他們進來，就走過來看了他一眼，對著夏爾說：「這就是你說要代替你的那個弟子？」

「嚴格說起來是別人寄放在我這裡的。」夏爾面對這個人時非常冷淡，簡直到了不想理會的地步。

「喔……迪博拉的姪子，他知道你們之前交往過嗎？」

他詫異地望向恨不得痛揍眼前的人一頓的夏爾。

「你最好別在他面前亂說話！」夏爾惡狠狠地警告。

「我講的都是事實，哪句是胡說的？」對方擺出無辜跟莫名所以的臉：「我當時還好傷心呢，因為迪博拉選的是你而不是我……唉唉，我到底哪裡比不上你……」

姑姑的品味真奇怪。但是他不敢出聲，只好繼續安靜。

「全部都比不上，全部！」雖然是這麼說，可是聽不出有什麼勝過對方的優越感。

「少年，你幾歲？」對方覺得目的達到，就轉向他了。

「二月二十九剛滿十六。」沒有二月二十九當然就以三月為準。

「四年才過一次生日不是應該才四歲？」對方哈哈大笑：「那就是快十六歲半了。我家這個十九，你們也沒差多少。」

他對台上做了個手勢，練習於是停下，團員們就先去休息，台上那名年輕的指揮走向他們。剛因為背對著他們所以沒看到正面，然而一下台就能看出那是一名非常亮眼的少女，梳著長馬尾，臉上有著自信的笑容。

「羅斯托娃，」少女有著晴空一般的藍眼睛，柔順細緻的淡褐色長髮，五官非常細緻且美麗。「我是夏爾先生的樂迷喔！」

「羅斯托娃……《戰爭與和平》？」他好奇地出聲。

娜塔莎．羅斯托娃在小說《戰爭與和平》中是生命和幸福的象徵，為她取這個名字的人莫非是希望她能得到幸福？

「沒想到有人知道這個名字的由來呢。」羅斯托娃銀鈴般清脆的笑聲響起，向他伸出手：「你的名字？」

「叫我『星』就可以了。」反正大家都是這樣叫的。

「喂喂……在老師面前直接說是對手的樂迷這樣好嗎？」對方略有不滿地抱怨。

「您就是嘴上說說而已，如果不是知道這點，怎麼會邀請夏爾先生來擔任獨奏？」果然是弟子，總會知道自己老師在想什麼。

「可惜對方不解風情，找了弟子上陣呢！」對方好遺憾地說。

「你弟子我也弟子，不是很公平嗎！」夏爾哼了一聲。

「明明是前女友寄放的。」

「你給我閉嘴！」

「那就讓我看看迪博拉的姪子有什麼魅力，居然讓你不惜冒著砸招牌的風險帶來。」對方轉向自己的學生：「等等就帶這名少年去合一次試試，我很期待。」

羅斯托娃朝他說：「請跟我來。」

又是一個極為突然的狀況，他從來沒跟樂團合過，而且是頂著姑姑的光環，只要繼續在這個圈子裡，這就會是他永遠擺脫不了的稱號。

「什麼理由讓你帶著他出現？總不會是迪博拉拜託你的吧？」對方呵呵笑：「依照她的個性，她應該會比較想自己安排。」

「還用問嗎？因為我討厭你！才不想接受你的指手畫腳！」夏爾瞪過去。

「哦？那可真榮幸。」

「你這厚臉皮的傢伙！」

「聽說迪博拉在她姪子來巴黎的時候辦了一場祕密音樂會，邀請卡送到辦公室的時候我人在外面巡迴，害我覺得好可惜。我的心情嘛……就像唯一沒受到公主生日會邀請的魔女，都快下詛咒了。」

「你這算是什麼差勁的睡美人比喻！」夏爾簡直要翻白眼。

「感覺不出來我在感謝你嗎？」對方眨眨眼。

「你給我閉嘴！」這傢伙真是讓人感到全身不舒服。

找了個座位坐下，台上就要開始了。

羅斯托娃問他要不要看譜，他說他都背起來了，從哪個樂章開始都沒問題，羅斯托娃笑了笑，就說那直接從第三樂章開始，他點點頭，就把小提琴架上肩，深吸了一口氣，對著指揮的少女微微點頭。

莫札特〈第三號小提琴協奏曲〉的第三樂章，首先是輕快的主旋律動機，那是近似舞曲般的跳躍感，接著是小提琴獨奏的新樂段，每個音色都飽滿而圓潤，在快速連音的部分清楚分明，而且悠揚悅耳。

原先慵懶地靠坐在椅背上的總監忍不住向前，看著舞台的眼神變得專注而興味盎然。

「喔，沒想到這麼年輕可以有這樣的音色跟技巧，難怪被說成是迪博拉的祕密武器。」

「滿意了吧！」夏爾站起身，因為討厭這傢伙還跟這人隔了兩個位子：「我要走了。」

「你很中意這孩子吧？不然也不會帶來我這邊了。」對方笑看了夏爾一眼。

夏爾半側過身，丟下：「那是因為我討厭你，也很討厭他，把討厭的傢伙送來討厭的傢伙這裡試試看會不會負負得正！」然後轉身離開。

「也可能兩個討厭的傢伙變得更討厭也說不定啊！」對方呵呵笑。

★

這場練習結束之後，對方對他招招手，他就過去了。

「你都是一個人練琴？」

他點頭。

「你該不會最喜歡海飛茲吧？」對方還笑了。

他也只能繼續點頭。

「你很有獨奏魅力，但是合奏還不太行。」對方笑了笑，「你忘我的時候容易陷入一個人的狀態，而忘了指揮跟樂團還在現場，等等我讓你看看我家那個的演奏，你就知道差別在哪。」

他無奈的雙眼上眺，聽起來應該是被退貨了。

唔，說不傷心是假的，多少還是有點小小的挫敗感。不過如果一次就能封頂拿到所有成就的確也說不過去……這證明了他離天才還有一段距離。何況他的確沒跟樂團合作過，這是第一次。

休息過後，羅斯托娃就拿著小提琴出來了，他們從第一樂章開始彩排，調音之後，她朝著左右點點頭，全體形成同一默契地共同奏出樂句，可能是因為獨奏兼指揮的緣故，她很在意樂團和諧的表現，不時會跟兩端的樂團成員以眼神交流互動，並且她自身的肢體表現十分豐富，可謂是個非常具有舞台魅力的演奏者。

他大概知道對方想跟他表達什麼，以及為何問他是不是喜歡海飛茲。

因為海飛茲演奏的時候總是站得直挺挺，感覺非常冷淡且高傲。他可能也差不多吧？

「我可以推測為何迪博拉不會急著要把你亮出來，」對方看他的神情，就知道他明白了，果然是個領悟力很高的小孩，「技巧跟表現你應該算是足夠，音色以你的年紀來說也掌握得很好，現在就缺經驗……她想要你以經驗換取驚豔。以你的資質，應該可以很快掌握要領，我想要不了多久，她就會希望你能站上舞台了。」

「聽起來你跟姑姑很熟？」好像非常了解她似的。

「我跟她是老同學，你家夏爾老師是小了兩屆的學弟。」對方朝他眨眨眼，「夏爾當初追求學姊可熱烈了……啊，別跟他說我偷偷告訴你了，他會來追殺我。」

他倒是覺得，這人大概恨不得他回去告密吧？

「為什麼他們兩個人沒在一起？」反正就順道問問，看對方很有興致要出賣學弟的樣子。

「因為迪博拉不是能被束縛的女性……這是她的魅力也是她最致命的地方，不管怎麼說，人還是會有占有欲的。」對方笑了笑。

「夏爾先生想結婚的意思嗎？」想不到別的可能性，因為他只知道姑姑不想結婚。

「當初選我不就好了嗎？只有我才能給她想要的……」對方望著舞台，眼神複雜而深遠，「等你長大就會懂了。」

又是個需要等長大才能懂的事情！他覺得自己好想翻白眼。

不過，對方在說這句話的時候總有種意在言外的感覺，也許這三人之間有過什麼吧？夏爾先生說討厭也許除了這人的確很厲害以外，還有其他原因。

唔……大人的世界好複雜，他還是繼續拉他的琴就好！

★

既然被退貨了，就要乖乖回去錄易沙意。原以為會被夏爾狠狠嘲笑一番，不然也會吼他一頓，但沒想到夏爾只是淡淡地應了聲：「是嗎？」就沒再多說了，只是那個笑容有點神祕。

於是他做了個大膽的假設——夏爾早知道會這樣，所以目的也不是真的要他替代獨奏的位置；夏爾做的就是當初他去拜師所做的那件事——給他一個登台機會，也給對方一個認識他的機會吧？

好吧，他總算見識到大人回敬的手法了——果然是君子報仇三年不晚。當初他用了哪種手法讓夏爾接受他，夏爾同樣奉還。

約了姑姑回來的那週去錄音，夏爾說他階段性任務完成，終於可以不必再見到討厭的傢伙云云。

他很想問夏爾現在還喜歡姑姑嗎？不過這好像太侵犯隱私了，而且就算喜歡又怎樣，正如那位「學長」所說，姑姑根本不可能願意為了誰放下堅持，所以還是選擇成為沉默的旁觀者。

今天來上課算是這個階段的最後一次，所以不是平時固定的上課時段，接下來就是等到姑姑再度出遠門的時候。他好像有點明白為何當初夏爾不想接他，因為姑姑真的很任性，居然找前男友當保母——小提琴老師的！

這麼說起來，夏爾真的是很好的人，雖然罵他罵得兇，但對他仁至義盡，可以明白為什麼姑姑會選擇這個人。

出去的時候遇到這個時段來上課的另一名參賽學生，就跟他想的一樣，夏爾的樂迷大多數是女生。
所以姑姑也算是「樂迷」嗎！好驚悚的發現……
和助理確認過錄音和初賽的時間，他就離開了。
所以，他終於可不必練琴了嗎？
才沒這麼好的事！姑姑回來才錄音等於是姑姑要驗收他這段時間的成果，如果他沒拿出讓姑姑滿意的成果，姑姑應該會很生氣。
不過，他想暫時先放下這些事情，做些什麼來轉換心情。
於是他跑去六區的甜點店吃甜點。甜食有助於大腦運作，而且會令人心情愉悅……好吧這些都是吃甜食的藉口，但他的確需要大腦動能沒錯，所以，吃甜食還是必要的。
就在他愉快地吃著蛋糕，並且看著往來的行人時，他的手機響了。
來訊的是個陌生的號碼，新手機的號碼應該很少人知道，他心底怵然一驚，拿起來按下通話：
「我是星。」
「真悠閒，蛋糕好吃嗎？」
呼吸瞬間停滯，他瞪大了眼睛，在往來的行人及街道上搜尋到底是誰在觀測他的一舉一動，而且，居然還拿到了他的新號碼。

「為什麼沒來找我？」

他沒回應，把手機按在口袋中，然後把小提琴寄放在店內，就離開了原位，想找出到底是誰打電話給他，只要他盡量拖長通話時間，一定能追到那個人。

聽聲音對方應該也在外面，來甜點店是臨時行動，並沒有預先告知任何人，所以那個人應該在什麼地方看著他才是。

「喂，說話啊！」

「要說什麼？」拿起手機來重新通話的時候，就聽見對方不耐煩的低吼。對方愈暴躁他就愈冷靜，惹怒對方讓對方失去判斷對自己有利，雖然也會產生危險：「我對不友善的追求者向來採取不予理會的態度。」

「不友善？怎麼會呢？」

興許是察覺了他的追跡，從通話中聽起來對方也開始移動了，他只好加快腳步，想找出電話的另一端到底是什麼人。

「對於同類，我向來是很友善的。」

「同類？」在哪裡？到底在哪裡？街道上人來人往，幾乎像潮水一般，嘈雜的聲響在耳邊迴盪著，但是，卻沒有他能鎖定的目標。

「我知道喔星星，我能從你身上嗅到同樣的氣味……」對方笑了起來：「從兩年前的藍鯨遊戲開始呢！」

他停住，覺得憤怒在胸口燃燒，理智幾乎要斷線，「什麼意思？」

「想知道了嗎？」對方對於他終於有情緒這件事感到很滿意，「星星，這就當作你的獎勵，如果你找得到我，我就會告訴你你想知道的事情。」

對方切斷了通話，潮水一般的聲響再次湧入耳際，他放下手機環顧四周，就在側身回首之際，在被人群淹沒的街道上，他看見了，那個「白子」。

★

「唰」地房門打開了，行星看著來不及走避的「隔壁鄰居」，一臉戲謔：「何必偷聽？歡迎你進來啊！」

「我只是路過。」感覺得出來他家的笨蛋被當場抓包之後尷尬的情緒，丟下這句話就匆匆朝自己房間的方向走去。

「是嗎？」反正這種反應也如他所料，他早就沒什麼期待了：「你會後悔。」

關上門之後，靠在門板上，深深覺得他家頭生的那個絕對是個笨蛋！

不但是笨蛋，而且還是笨蛋中的笨蛋，比笨蛋還要笨的笨蛋！

他實在對他的遲鈍感到絕望，以至於心生報復。

「既然你無法察覺我的信號，那我絕對要讓你後悔！」

從小到大他為那個笨蛋做了多少事……雖然是刻意要顯示那個笨蛋的無能，當然也是想要在大人面前證明出生順序並不能決定一切，但後來證明笨蛋就是笨蛋，在他有需要的時候，無能的笨蛋就只能繼續拉他的小提琴！

好吧，他的音樂天賦的確比不上，從他無法自媽媽教的樂理舉一反三就可以知道。所以，他絕對不學，因為學了也無法超越那個笨蛋，只是徒增被比下去的難堪而已。

但事實證明，笨蛋學了小提琴也只是個會拉小提琴的笨蛋，什麼幫助也沒有！

他自認是這個世界上最懂他的人，可是那個笨蛋卻是最不懂他的人！

他的確是搶了他喜歡的女生沒錯，也的確是故意跟他冷戰沒錯，他就是想看他不知所措的樣子，就是想見到他受到打擊的樣子，就是想要讓他知道他是多麼的無能跟懦弱，至少看到他那種拙樣，自己就會覺得痛快許多。

但如果真的是如此也就罷了，若不是梅斯蒂告訴他：「你老說你哥很笨，但我覺得他深藏不露啊！」他也不會知道原來他喜歡這個女生。

畢竟，從以前到現在，笨蛋真的就是笨蛋，從不喜歡接觸人群，安於自己小小的世界，每次有人際上的麻煩都是他去收拾，只有梅斯蒂，是那個笨蛋主動開口跟她說話的。

他先下手為強，就是想要讓他知道，他想要的他拿到了，他還在慢慢觀測的時候他就已經開始行動了，有本事就來搶回去。然而事實證明，除了只會挨打，除了悶不吭聲，除了裝不在意，除了逃避……那個笨蛋什麼也不會！

而這樣的笨蛋居然是「長子」，也是爸爸最偏心的人，他實在覺得不甘心！雖然知道媽媽很愛自己，但是他也很想要得到爸爸的肯定，或是跟爸爸成為同一國的感覺。

畢竟爸爸每次都會很得意的跟別人說：「我家那個老大就是慢熟，不過他是科學腦，跟小時候的我很像。」尤其是在他拆了小提琴之後，爸爸更是這麼認定。

如果不是因為好奇心跟想探究的心態，不會徹底剖析一個東西到這種地步——這是爸爸說的。

自己可能什麼都會，也什麼都做得很好，卻沒有任何一樣事情是最出色的。而那個笨蛋雖然沒這麼厲害，只要能做的事情卻會立刻把他比下去——不論是小提琴也好，是什麼研究精神也好。

結果小時候聽的故事——以掃與雅各——似乎就真的成了某種預言。

愈是長大就愈不知道自己到底還有什麼，愈是看見對方一天天壯大起來就愈是恐懼總有一天會被超越，而自己就愈來愈沒有立足之地了。

「只有悲劇才能讓人印象深刻。」

沉重的罪惡感才能在心上劃出無法痊癒的傷口。

如果，他只能以這樣的形式成為「不同」……

梅斯蒂還在哭，行星叉著雙臂看著她左手前臂內側的鯨魚圖案，然後，微微勾起嘴角。

「好了別哭了，」他走向梅斯蒂，坐在她身邊，摟住她的肩膀：「我會想辦法解決這件事。」

「對不起……」她抱緊了他：「我只是……我只是太害怕失去你……」

「我不是在這裡嗎？」他輕吟著。對於哄女生，他已經算是得心應手了，有時候，會覺得有點厭煩。

「可是……可是你不是因為我跟你哥……跟恆星說了那些話而生氣了嗎？」別人的情敵可能就真的是情敵，梅斯蒂覺得她的情敵恐怕一輩子都贏不了。

雖然這個人就在身邊，實際上總覺得離得很遠，他專注的對象是他的哥哥，果然就如同他的名字，行星只會繞著恆星轉。

知道她在等校車的時候對兄長說了那些話之後，她難得地看他臉上露出憤怒的神色，質問她：「誰准妳去跟他說那些了？」

「可是你……」她以為自己只是替他出氣，沒想到他反而這麼生氣。

他沒再多說什麼，但往後的時間卻再也不跟她說話，和她形同陌路。

雖然她一再的道歉，他卻置之不理。

面對自己每天所處的環境，跟無法挽回的愛情，頓時失去依靠的她既孤獨又絕望，於是才會……

他驀地臉一沉，「我是很生氣，因為我不想再聽見他的名字。」

梅斯蒂只是不能理解地看著他。

「不懂嗎？」他說：「我連聽到他的名字都反感。」

因為知道他的想法之後那個笨蛋只會更退縮，所以他很氣梅斯蒂跑去找他多嘴，但他又不想先示弱，那感覺起來自己就是先認輸了。

如果真的這麼在意不是應該想辦法打破僵局嗎？是啊可是他認定那是對方要做的事情！然而他錯了，笨蛋就是笨蛋，笨蛋果然也就像他所想的一樣，繼續跑去他的小提琴世界裡躲著。

既然他的存在是這麼理所當然，那他就奪走那個「理所當然」。

梅斯蒂會砍了她爸，他一點都不意外，說實在話他也多次想這麼做，但那不是他的事情，他沒必要替自己找麻煩，不如說，梅斯蒂的這件事只是給他一個順理成章的藉口。

所以梅斯蒂跑來找他求救的那天，他執行了預備已久的計畫——先是留下遺書，然後開走梅斯蒂家的車，接著在半途把車上所有的油漏掉帶走。不過他給梅斯蒂的說法是，怕換車的時候油不夠會很麻煩，別忘了他可是未成年無照開車，沒有殺人罪他也會有竊盜跟協助逃亡等等的罪名，就算他以未成年上了少年法庭也一樣還是有罪，只是不曉得會被判多久。依照爸爸的性格絕對會認為做了什麼就自己承擔，在這件事情上爸爸絕不會讓步，所以不想車被鎖定通緝，換車是必要的，何況他也不想太快被抓到。

梅斯蒂那時慌到六神無主，根本無法分辨他所說的話，只能一切都聽他的。實際上那的確也是他的考量之一，接下來他也用了一些小手段開走停在路邊的車，而每次都用了同樣的手法把油帶走。

第二件要解決的事情就是藍鯨遊戲。

留下遺書就是留下線索，他知道依照爸爸的性格，不可能不把遺書拿去給警方單位要求偵查，如果都引起這麼大的事件了，就算警方不予理會，爸爸也不會就這樣算了，不然媽媽也會要求……即便爸爸最愛的是那個笨蛋，他們都不可能相信他會自殺。

若是真的置之不理，那代表他也沒有活著的價值。

思及此，他就覺得真的應該要證明一次：對他們來說，自己到底有多少重量。

既然如此，他就不該回頭！

★

「來追我吧！」

對方張揚的挑釁，故意以醒目的裝扮引導他的追逐。

陷阱，這絕對是陷阱！

明知前去險易難卜，更有可能遭逢不測，然而他卻像是吞了魚餌的魚，飛速穿梭於人潮，向著鉤住他的目標，疾如奔星。

既然外表瘦弱又無力，而且還有不能碰撞的禁忌，那至少要做到靈巧敏捷，這是他對自己的基本要求，實際上直到後來，他還是遵從著這項制約，而他也必須做到。

能感覺到對方有著得意，就像是獵物上鉤的狩獵者，那是一種期盼將他引入更大的黑暗與更深的深淵中的渴望。

他不懂為什麼自己會成為目標，至少他想不出理由……就算是因為……

停下了腳步，腦中如潮水的聲響淹沒了整個知覺，他又開始感到溺水般的窒息，幾乎要使他暈厥：

「與你正在看的驚悚片合照上傳至遊戲、與你被開的罰單或違規事跡合照上傳至遊戲、在你霸凌的現場與被霸凌的同學合照——」

「從兩年前的藍鯨遊戲開始呢！」

「悲劇的英雄啊！」

「沒上社會新聞嗎？什麼時候的事？我要看！」

「我是名猶太少年，剛從美國到巴黎。到巴黎的原因是要成為一名小提琴家，然而大家都不知道的是，其實我是雙生子中剩下來的那一個，而另一個死於自焚，是我殺了他——」

「他是不是長得很瘦弱又一副很假掰的乖乖牌模樣？」

「我見過他，更正確的來說，我認識他。」

「我能從你身上嗅到我們是同樣的氣味……」

「原先我並不知道，是因為同一個故事重複出現好幾次，而且是不同人送出來的。」

如今我如一尾藍鯨擱淺
掙扎呼吸，卻奪路失源

蹲下身，緊抓著心臟的位置。他知道又開始了，那種不知名的病因，從弟弟離開後就一直如此，無法解釋，難以呼吸的疼痛，每每令他難以承受，但是不能在這裡倒下，一定要想個辦法……

他唯一……他唯一能抓住的只有……

閉上眼，在腦中模擬著在巴洛克式教堂中，拉響巴赫的〈第一號無伴奏小提琴奏鳴曲〉32的樂曲聲，那迴盪在遼闊教堂裡的樂聲同時將他包圍，規律而平穩，莊嚴而安詳的曲調將他帶回了安定，等他拉完整首曲子，漸漸地像是解除了溺水的狀態，瞬間大大地吸了一口氣，在天旋地轉中站起身，等待胸口的疼痛消除。

然後，他的手機又響了，依然是那個陌生的號碼。

他接起來，語氣已恢復一般狀態。

「我是星。」

「怎麼，追丟了嗎？你體力真差。」

「真不好意思，我就是這麼貧弱。」他很喜歡被對手小看，這代表他不需要花太多力氣，雖然有時也會碰壁，不是每次都適用這招。

「你的確是。」對方給予肯定的回覆，代表對方真的看過他。

然而，也僅止於「見過」。

「那麼，在追上你之前，我有話想說。」他一邊起步，一邊朝著他所要的方向前進。

「哦？這麼想跟我說話嗎？可以，那我就讓你說，不過，你的話題最好不要讓我無聊。」

「我盡量。」他預測並不是他的話題無聊會惹惱對方，恐怕是他說出的真相會讓對方想殺了他：「首先，你說見過我，甚至是認識我，但我卻對你的聲音沒有印象，代表我們僅是在哪裡碰過面卻沒有交談，你注意到我的機率，比我注意到你還要高。我想了一下……」他刻意停頓，然後才說：「應該是在教室的時候吧？」

「哼哼，這倒有趣，」對方哼了兩聲，但聲調聽起來有些冰冷：「那你倒是說說我們會在哪裡的教室遇到？」

「我幾乎已經沒有去語言學校了，一方面也是因為課程結束，一方面是把重心都放在練琴上面，所以……」他穿越過人群，漸漸開始小跑步：「你是在夏爾先生那邊看過我的，這也能解釋為什麼你會拿到我的手機號碼。恐怕是在助理離開座位的時候被你翻到的？」

「哦？」對方不以為然地輕哼了一聲。

「夏爾先生那邊只有三個人符合今年地區賽的身分，一個在我離開的時候要上課，所以現在跟我通話的人不可能是她。而我填過新手機號碼的也只有報名表。那麼，除了你，我想不出其他人——」他停下來，然後慢慢地移動：「你一直在避免素顏的時候看到我……說『素顏』是你在沒有裝扮的時候不想跟我正面碰上，因為你上課的時段在我前後，所以沒有把握我到底會不會認出你。」

對方維持沉默，但聽得出來呼吸開始急促。

「那天助理在說出外面有人的時候，她正在跟我講錄音的事情，而那天是我上課的日子，你跟我向來在同一天。由此可證，她看到的那個應該就是你，但是你因為沒有裝扮，所以必須避開我，你怕我會眼尖認出你就是那個白子——」他深吸了一口氣：「西蒙．盧瓦西。」

「……真是精彩，我都忍不住要替你鼓掌了。」對方冷冷地以譏刺的口吻說：「但是你無法解釋為什麼我非得要裝扮成白子出現，更何況既然只是個普通的教室同學，和你打聲招呼沒什麼困難，我沒必要遮遮掩掩。」

「刻意用這麼顯眼的裝扮出現在案發現場，就是因為你有兩個原因需要扮裝。」他停在一個巷道前，然後往內走：「第一，你想引起別人的注意，讓別人對你的裝扮留下強烈的印象，你虛擬了一個身分出現在現場，好引走警方的注意力。第二，既然白子的裝扮如此顯眼，你就可以繼續用你平時的模樣安心的生活，簡單來講，你只是用白子的裝扮引開別人對你的注意，好讓你平時的身分繼續維持，或者是——」他停住：「維持你的偽裝。」

「零分，你還是沒有回答，我為何要大費周章的這麼做，何況，我所做的這些完全構不成任何犯罪行為，你沒辦法拿我怎麼樣。」對方很得意地哈哈大笑。

「這的確是，」他完全同意對方的話，推開了一扇角落建築的門，走了進去，繼續與通話中的對方說：「畢竟，把遊戲當成反社會人格培養皿，也沒什麼確切的罪名可以辦你。」

眼前沒入無光之處的人站起身來，轉而面對走入空間中的他，將腳底的屍體踢出來：

「恭喜你找到我了，『星星』，這是你的獎勵。」

他順著指示的方向看去，然後，不可置信地望住那具屍體。

因為倒在地上的，是梅斯蒂。

「你……」他看向眼前的人：「你殺了她？」

「進來遊戲，還沒完成過任務吧，星星，那麼，這就是你的第二項任務，」對方難掩得意地走到他面前：「找出這個人的死因。」

「你憑什麼——」他憤怒地咬牙。既然對方能得到屍體，他不相信這件事跟對方一點關係都沒有。

「兩年前沒死成的那個，只能用她來替代了，不枉這兩個人都叫同名，不是嗎？」

「你是兩年前藍鯨遊戲的玩家？」他的問句替對方的行動按下暫停鍵：「雖然你所有的模

式都是依循藍鯨，但實際上——」

對方一個箭步衝上前來，抓住了他的頸項，將他推上背後的牆壁，強烈的撞擊瞬間幾乎要讓他窒息：

「趁著我還能享受遊戲樂趣的時候，不要逼我對你動手。」

然後，對方放開了他，讓他一個不穩跌坐在地上。

「我……咳咳……」在對方要轉身離開之前，他出聲了，喉嚨很痛，但他不能就這樣結束：「到底……為什麼……你非要執著我不可？」

西蒙．盧瓦西停下腳步，轉身對他露出微笑：

「我不是說過了嗎？我們有相同的氣味，行星也是，他的死讓我覺得好可惜。」

然後，對方走出了黑暗的建築物之外。

10

身為屍體的「第一發現者」，不免會被當成犯人好好盤查，但在還沒有搜查進度之前，他實在懶得應付這些連警方自己都不曉得答案的問題。畢竟在報案之前他就已經自己先看過了，他相信警方知道的跟他也差不了多少。

他沒什麼法醫知識，無法判別梅斯蒂死了多久。但是她明明不在巴黎，為什麼會出現在這裡？難道是這個人把她叫來之後再殺害她？

可是從對方好整以暇地要他找出死因的舉動來看，對方一定是用了什麼手段讓這件事追不到自己頭上，才敢這樣有恃無恐。

屍體外觀看起來沒什麼外傷，但因為也不好看得更仔細發現出什麼其他徵兆，所以只是大略地看過，或許傷在哪裡也說不定。

嗯？第一次看到屍體有什麼感覺？

應該這麼說，猶太人「照規定」是不能碰屍體的，而且除了要埋葬親屬以外不能踏入墓園，這樣會不潔淨到晚上，不能進去房子裡。不過這都是舊約的規定，他家不用守這個。

幸好不用，不然他今晚就要在外晃到天亮了，雖然也沒差。

原以為又會被阿多斯臭罵一頓，沒見到阿多斯讓他很意外，警員只說長官有特別交代要好好「照顧」他，但長官指的似乎並不是阿多斯，而是阿多斯的老闆。

好像愈鬧愈大了，如果被尚－雅克知道之後一定又會說：「你又做了什麼！」

他就算在那裡乖乖的什麼都不做，事情還是會自動找上門。

離開時意外發現等在門口的人居然是阿多斯，只見他一手拎著外套，一邊抓起他：「小鬼你信用破產了，跟我回去！」

「你怎麼出現了？」剛剛明明沒見到人，他還以為可以安全通關。

「我休假。」阿多斯簡潔地回答。

「這種時期？」他回了跟阿多斯老闆同樣的話。

「我不需要跟你報備，你也沒那個權限。」單純就事論事。

他只好乖乖閉嘴，看來阿多斯火氣很大。

坐上車之後，阿多斯按下中控鎖，停頓了一下，才問：「告訴我，你進去之後發生的事情。」

「進去？」他有些困惑地皺眉：「你是說進去哪裡？警局裡？」

「那個白子叫你去的地方。」阿多斯轉了方向盤，將車駛離。

「你在監視我？」雖然也不意外。他知道自己有被監控，原以為是西蒙，沒想到被雙重跟蹤了。

果然要騙過敵人就要先騙過自己人。

「回答我的問題。你現在可是嫌犯之一，不想替你姑姑惹麻煩就乖乖配合我！」阿多斯果然生氣了。

他只好照實說到底發生了什麼事——從白子跟他通話的地方開始講，只除了關於他自己的部分。

「……為什麼他選上你？」阿多斯總覺得這小鬼在隱瞞什麼。

「大概是競爭對手吧？」他順理成章地推給他們是同個老師門下這件事：「我們都要參加大賽，少個對手總是好的。」

「那他可以去找另一個不是嗎？」阿多斯冷瞪了他一眼，看他想掰到什麼地步。

「可能我比較討人厭。」他流利地說著，不覺得自己這句話有過於誇張的成分。畢竟如果討人喜歡，他也不會被看不順眼，更不會就算什麼都沒做也要清理一堆麻煩了。

阿多斯懶得聽他鬼扯，開到他住處樓下之後便對他說：「上去拿你的東西，從今天起去住我那邊。」

「呃？還有這種行程？」他苦著臉。

「我說過再違反約定就把你關起來……」阿多斯瞪了他一眼：「還是你比較想去住看守所？」

「我要叫律師……」

他滿腹委屈的下了車，乖乖上樓去洗了個澡，整理自己的行李，把衣服丟進洗衣機，拖拖拉拉摸了很久，很希望下樓的時候阿多斯因為等得不耐煩已經離開，但他果然小看了阿多斯的耐力和責任感。

阿多斯看到他下樓，只是自動打開車門，丟下這句：

「走了，去拿你的琴。」

★

他覺得自己像流浪動物一樣被拎來拎去的，這邊養了幾天就換那邊餵食一下……不不不，他沒有什麼悲劇主角感，只是覺得有趣而已。他只屬於他自己，並不屬於任何人。雖然沒有主權歸屬在某方面稱得上是「孤兒」了，然而有需要的時候大家還是會幫他，就像阿多斯。

被拎到阿多斯家之後，被強制規定睡在阿多斯二樓房間的隔壁。

「你最好別給我搞出什麼把戲！」阿多斯警告。

「可是我要練琴……」他擺出最無辜的臉。

「不要讓我覺得是噪音就好。」

「你音感很好嗎……」如果音感很好大概會被他偶爾的音不準搞到很崩潰。

「我是進音樂廳會睡覺的人。」

噢，好吧！如果他的琴聲能這麼舒眠他也認了。

「為什麼你一個人住這裡？不會太寂寞嗎？」所以就隨口問了。

「這是遺產。」阿多斯只是簡單地回答：「我雙親都走了。」

「你沒有其他的兄弟姊妹？」

「我姊嫁到加拿大去，我們連電話都不打，所以也不會見面。」他很忙，也沒空聯絡。

一瞬間他意識到原來這個人跟自己一樣，都是孤絕一人活在這個世界上。雖然父親還在，他卻也算得上是半個孤兒了，即便現在唯一的親人是姑姑。

「因為朋友寄養小孩在這，而搜查資料在家，所以會不小心被翻到。」阿多斯丟下這句後，背對著他，朝樓下走去。「你姑姑回來我會去拜訪她。」

他起先還有些困惑，後來才發現，對面房間的門開著，於是朝前走去，看見桌上放著一整排的文件，不由得笑了起來。

「……直接開筆電給我不就好了嗎？」

梅斯蒂的死因是一氧化碳中毒，體內有安眠藥的成分，死亡時間是昨天深夜十一點到兩點之間……照理說應該要有密閉空間才有可能辦到，但發現屍體的現場氣密性沒有這麼好，不太可能成為一氧化碳中毒的場所，而該屋主好像正在等待賣房尋找買家中，所以也不在巴黎。

而屍體發現的時間，西蒙有不在場證明。西蒙家的傭人證明少爺整晚都在家，他才知道這位「同學」原來是富豪人家的子弟，看來那個遊戲真的是這位少爺一手打造的也說不定。

因為沒有確切的證據可以證明西蒙跟案件有關，就算是在案發現場附近晃盪，頂多也只能說這人對刑事案件有興趣，而無法找人來問話。阿多斯說必須要有更明確的證據，才能傳喚西蒙，這也是他之所以可以被阿多斯拎走的原因——同樣也沒有確切的證據證明他跟案件有關，何況監視他的人還是國家警察。

所以梅斯蒂是被叫來巴黎之後用了什麼方式讓她死亡的嗎?可是要怎麼辦到這種事情?還有她離家難道她家人都沒發現?那個大毒梟的手下都沒人攔她?還是梅斯蒂用了什麼方法說服手下放行?在這種風聲鶴唳的時候?

太奇怪了,真的太奇怪了,很多事情不合理啊!

而且梅斯蒂的屍體被發現時,現場沒有任何身分證明,他只說了這是語言學校的同學,只知道叫什麼名字,姓氏及家庭背景一概不知,所有他了解的背景全部裝死。

他照實講的部分只有在教室裡接觸的對話,其餘一切都避而不談,梅斯蒂家庭背景實在太複雜,他只有小命一條,目前還得留著。

所以……有沒有可能是西蒙在什麼地方先將梅斯蒂殺害了之後,再搬運到跟他見面的地方?那案發時間的不在場證明又該如何破解?

他匆匆下樓,阿多斯正在客廳看球賽。

「我想出門。」他說。

「你又想跑去哪裡?」阿多斯就知道這小鬼不會安分。

「我想再回發現屍體的現場一趟。」

「那個地方鑑識人員應該都已經勘查過了。」阿多斯有特意囑咐過現場負責人要他們仔細搜查。

「不，我是想找找看有沒有西蒙留下來的東西，」他說：「在選擇這個地點之前他一定事先勘查過，也許會留下什麼也說不定。」

阿多斯雖然覺得有點難以相信，但還是答應了。

「那，我要帶上這個。」他拎起了「莉娜」。

阿多斯皺眉，跟在率先跑出去的少年身後，實在很難了解拉小提琴的小男生在想什麼。

再者，如果真的發現了什麼，也只能以非法入侵叫人來問話，然而這些都只是間接證據，現場並沒有找到燃燒不完全會引起一氧化碳中毒的任何物體，如果不是兇手都清理乾淨了，那就是那個空間真的不是案發現場。

那麼，到底哪裡才會是？

「一氧化碳中毒真的要在密閉空間內嗎？」他還是問了。

「不一定，有時開放空間也會，最主要是看一氧化碳的濃度。另外高齡及心肺功能差的人也比較容易產生危險，一氧化碳與血紅素結合效應非常快速，很容易取代氧氣，身體一旦缺氧就會造成危險，尤其是大腦。只是密閉空間更容易造成缺氧。」

「關於皮膚會變色的說法……」

「根據體質不同會產生不同變化，所以會以鑑識人員的鑑定為主。通常他們會看內臟跟血紅素的顏色來做判別。」

那麼，西蒙的確不會選擇和他見面的那個地方，因為氣體要發揮作用的效率太低，換做是他也會選擇更快速而能在最短時間內起效用的地方。

回到發現屍體的現場之後，阿多斯看著這小鬼居然拿起他的小提琴開始拉了起來，只能不可置信地瞪大眼睛，想著：這小鬼是怎樣？特地來這裡練琴？

「喂……」阿多斯想叫他停下來——取得同意的權限是搜查而不是小提琴演奏會啊！

「噓……」

他對阿多斯比了個安靜的手勢，然後聽了一陣回音，又拉了一次他剛才拉的樂曲……可能是巴赫還是什麼的，後來知道那是巴赫的〈第二號小提琴協奏曲〉[33]，不過阿多斯才不管這個，心裡只覺得：這小鬼真是公器私用到了極點！

正要出手抓住他、叫他適可而止，但他卻停下了小提琴，爬到二樓去了。

這是個橢圓迴旋梯的中空建築，外表看起來與一般建築物無異，但進來之後會發現因為格局問題，所能產生的音響共鳴自然也……

阿多斯似乎明白了他為什麼會這麼做。

但這小鬼是蝙蝠嗎？第一次看到有人像他這樣聽回聲共鳴在找證據的！

他在每層樓都停下來，用琴試了一次，最後，他找到了一處音響效果最好的地方，又回到二樓，在某個地方找到了一個奇特的東西。

阿多斯跟著上樓，他把琴交到阿多斯手上：「幫我拿一下『莉娜』。」然後就彎身在落有細緻粉末的地方拾起一小截墨藍色，看起來像線體狀的東西，若不仔細看，會以為那裡只是生滿灰塵的角落，並不會注意。

「……第一次看見小男生還替自己的琴取名字的……女朋友嗎？」阿多斯瞪著手上的琴，彷彿那是個怪物。

「你是說愛因斯坦嗎？」他站起來，拍拍身上的灰塵：「確實也是女朋友沒錯。」

所以是愛因斯坦的女朋友還是他的？阿多斯一陣無言，轉而看著他手上的物體。

「那是什麼？」

「鯨鬚。」他答。

「鯨鬚？」居然有這種東西？

「最早的時候小提琴的琴弓有用鯨鬚做為纏柄的，但現在幾乎已經不用了。而且，藍鯨鬚是墨黑或藍黑色……啊，原來是這樣嗎……」他像是察覺什麼似地笑了笑。

阿多斯只是看著他繼續說下去。

「只要是演奏家都會想嘗試在一處共鳴很好的地方拉琴，」他抬頭看了四周，然後再搓了搓手上的松香粉末：「他在這裡還特地換了松香……這個牌子他應該只會在教室用，雖然我只聽過他的琴聲一次，Andrea solo。」

「……請說明清楚。」阿多斯哪搞得清楚松香啊！又不是棒球選手在用的！而且這小鬼是怪物嗎？光聽琴聲就可以知道松香？

「Andrea solo 因為附著力強，摩擦的雜音比較少，會讓音色變得很亮，很有穿透力，我也挺喜歡的。」他拍擦兩手：「但是我沒這麼講究，纏柄不會用到鯨魚鬚，他的琴弓恐怕應該是訂做的。」

阿多斯點了點頭。「我會找人去查。」雖說這還是無法成為直接證據，但聊勝於無。

「但是你需要決定性的證據不是嗎？」他雙手背在身後，回身看著阿多斯，那雙淺褐色的眸子在月光下跟貓的眼睛一樣晶亮晶亮的，好像有很多鬼主意正在其中打轉。

「沒辦法，盧瓦西家算是很有人脈，長官對於這件事必須謹慎處理。」阿多斯一言以蔽之。

「那麼，既然都來了……」他又把琴架上肩，拉起帕格尼尼〈第五號隨想曲〉[34]。

小提琴聲在空間中迴響，音符從四面八方撞擊而來，彈跳入耳。

「……你真的好奇葩，現代人誰不帶手機啊！」

「我不是說過了嗎？我們有相同的氣味，行星也是，他的死讓我覺得好可惜。」

「盧瓦西家算是很有人脈……」

他停下小提琴，然後若有所思地喃喃自語：「現場沒有手機……」

阿多斯一下子愣住了：「鑑識報告上說沒有嗎？」

「如果不是我，他們可能連她的名字都不曉得……」他停頓了一下，然後有些急切地說著：

「搜索令要在什麼情況下才會發？如果不快點，那個人恐怕會把證物銷毀！」

★

既然有手機依存症的人身旁沒有手機，代表應該是基於什麼理由被拿走了。

所以手機裡有什麼可以證明西蒙身分的東西嗎？還是有什麼西蒙不想被人看到的紀錄？

回到阿多斯的住處之後，被千交代萬叮嚀不准再跑出去，阿多斯就先去了警局一趟，為了確認現場找到的是否是真的鯨鬚，還是尼龍仿製的，以及對方訂做琴弓的工坊是哪間，而他則重看了一次調查紀錄。

相關案件的紀錄全都在這裡了，難怪多到令人匪夷所思的地步。

從前幾次的驗屍結果看來，鯨魚刻痕都是後來才加上去的，就連梅斯蒂身上也有，只是她的刻印是在胸前，所以他沒看到。

從這些痕跡可以證明出自一人之手，而且由筆觸及痕跡深淺看來，這個人並非很有耐性，甚至可以說有些暴躁易怒和衝動。

至於為什麼可以維持一定的穩定性直到現在都還能這麼縝密地行動，他想，對方恐怕跟他一樣，都是靠拉琴來抑止自己的情感或情緒的爆發。

難怪對方會說他們有相同的氣味，那令人感到很不愉快，再怎麼樣他們也不會是同類型的人。雖說反過來利用這點不失為一個好的工具，但他還是覺得不舒服，尤其對方還說到他弟弟……

他沉下臉，有些不想面對的推測浮現……從他意識到自己為了某些目的會不擇手段，到知道某些部分其實是被封印在內心深處，只是因為他一直都在一個平穩的環境中成長，所以那些部分也就跟著沉睡了，然而，在不安定的環境中，有時為了生存，會不得已的，因為要保護自己……

別過眼，他看到一份厚度異常的報告，快速翻閱了一下，是各國「藍鯨遊戲」的調查，正想放下，卻從中掉出了一張以掃描方式列印的報導紀錄，上面寫的是英文而不是法文。

他彎下身，從地上撿拾起那張以清楚顯目的字體寫著：「以自焚結束藍鯨遊戲的悲劇少年」的報導，內容寫著因為自焚引起關注，再加上涉及另一件兇案，在各方壓力下，警方連同網路社群也一併剷除，終止了這個遊戲繼續蔓延……

瞬時，許多不想再去回想及面對的記憶湧入。有一度曾以為自己會哭，然而，不，他並沒有，所有的情感像是被凍結了，內心被刨挖成一片空白，就連手中的文字都不再進入眼底。

不知道這是什麼人下的標題，可能只是想以醒目的字彙引起注意，但「悲劇」那兩個字看在家人眼裡卻非常的諷刺。

「是不是只有悲劇才能讓人難以忘懷？」

如果，這真的是弟弟想讓這個世界記住的方式，他真的覺得他錯了！而且錯得離譜！因為除了愛他的人，不會有誰記得這件事，也不會有任何人因此而受傷，除了在乎他的人，沒有誰會感到難過，對不相干的人們而言，這就只是一則在角落的文字紀錄，也許說聲「好可惜」，便船過水無痕，什麼都不會留下。

若，這是弟弟對自己的報復，「這世界上不需要兩個相同的存在」是在控訴他們不該成為雙生子，那麼，他要承認，這的確非常成功。

真正的傷痕不是刻在身上的，而是刻在心上的。

可是……他從不覺得他們是相同的，因為從不覺得，因為這個認知過於理所當然，所以，他從未思考過這個問題，以至於沒想過，原來另一個人會有這種困擾。

好像另一個人離開之後，這個世界才成為清晰的圖像。他不願意承認，若不是因著一個人的離開，他可能只會繼續朦朧地面對這個世界。

然而，如果一定要因著一個人的死亡才能帶來改變，才能轉化覺醒，那這個代價也太高了！弟弟的死終究還是成全了他，如果他今日依然停留在舒適圈內，就不會成為現在的模樣。

雖殘酷，卻也是不容爭辯的事實。

如果弟弟不死，他不會成長。

他還記得弟弟的屍體被找到之後，上學變成他最討厭的事情。小鎮上的消息傳得很快，有些白目的同學會來問他：「聽說行星跟梅斯蒂私奔是真的嗎？」、「真的確定死的是弟弟不是哥哥嗎？」、「你們長得這麼像，爸爸媽媽應該覺得剩下哪個都無所謂吧？」、「這是一個備用的概念，幸好你們是雙胞胎。」

更有人會開無聊的玩笑，說：「行星爆炸了！」

這時候會很痛恨自己的理智，或者說他習慣性的避戰。或許他該要跟那些人痛快地打一架，但打完了又如何，這些事情就會停止了嗎？不會轉換成另一種形式的譏笑嗎？或是因為他會起來反擊，這些事反而變得沒完沒了？

所以當他忍無可忍就會離開教室，那天就直接蹺課了。

他完全不知道那段時間到底是怎麼過的，那成了他最不願意回想的日子。他忙著處理自己的情緒，回去還要照顧把他當成另一個人的母親，只因為爸爸出門前說：「替我照顧好你媽媽。」

他無處可躲，最後還是只能逃進音樂的世界。所有困難的樂曲都是那時候練起來的，因為專注於拉琴的時候，他才能不去想這些事情，只要注意音準，只要在意弓法，只要專注手指的運作，只須要求完美的音色。

後來因為媽媽的身體一天天的虛弱，無可奈何只好跟爸爸說了這件事，才一併被爸爸知道他幾乎都沒去上課。

於是，爸爸就回家了。

母親走後，這個世界上應該只剩下他和爸爸是最親近的人，然而卻沒想到……

卻沒想到，他最後依然只剩下孤身一人。

「……你還想在外面站多久？這不是你的書房嗎？」他頭也不回地對著靠在門旁牆上的人說。

從剛才開始，他就知道有人在門口。

「我怕看到什麼不該看的。」阿多斯直起身，走到門口，望著站在桌前的他，淡淡地說。

「什麼叫不該看的？」他回頭問著：「難道你以為我會像個小孩一樣嚎啕大哭？」

阿多斯只是打量了他兩眼：「這就要問你了。」

「我終於知道你為什麼會這麼配合我了，」他把報導夾回一堆文件之中：「你意識到這篇報導上寫的人是我弟弟，認定我不想提起一直隱瞞的事情就是這件，既然是親人過世，我當然會異常執著。我是案件關係人大概只是你順理成章的理由。」

「你要這麼說也沒錯，」阿多斯也不否認：「不過還有部分原因是對方對你太感興趣，在我確定你們不會成為同伴前，沒辦法放心。」

「你覺得我會被他拉走？」他感到有些好笑。

「那是我一開始的想法，後來改變了。」阿多斯說。

他只是看著阿多斯，但阿多斯沒再繼續這個話題：「小鬼快去洗澡睡覺，接下來是大人的時間。」

他依言去洗了澡，一般而言他沒這麼熱衷於洗澡這件事，也不是因為他有潔癖，只不過是摸過屍體又搞得自己滿身灰，洗乾淨再上床睡覺還是比較舒服的，他很討厭弄髒床，畢竟那也是每天跟自己親密接觸的物品之一。

回到隔壁的房間後，打開很少開的手機，看到了幾則訊息。尚－雅克那個愛操心的傢伙也就算了，沒想到姑姑也難得的打了電話給他，雖然只有一通，不過料想大概是要問他準備的進度怎麼樣了，他認為夏爾不會主動聯絡姑姑，姑姑也不會去問。

於是他選擇先回電給姑姑，跟她說了他的情況——當然只有姑姑關心的部分，避開了現在遇到的麻煩，認為沒必要讓姑姑知道，反正他會自己解決。

「可是你不在家。」迪博拉也不是笨蛋。

「晚上不能在家練琴，只好去找其他地方，我會照顧好自己，不用擔心。」這句話全然不是謊言，畢竟他之前一直都是這樣過的。

「沒想到你後來還是去找夏爾了？」迪博拉停頓了一下，才開口。

「他還帶我去見了……」此時才想起他沒問過對方的名字。「某個音樂總監？聽說是妳的同學。」

「……不是艾爾加（Elgar）的那傢伙？」迪博拉回應得很冷淡。

「……好意外妳會說冷笑話。」看來應該是艾德加（Edgar）。一個是音樂家，一個是印象派畫家，就差了一個字母。35

不過聽起來姑姑的反應的確很怪異，大概真的有過什麼。

「如果是他——」迪博拉咬住了後半句，沒再繼續，「之前你要的弓，我回去的時候會帶給你，記住，好好保護你的手。」然後就切斷了通話。

他放下手機，看著自己已經淡去的傷痕……身體的傷是好了，但心裡的呢？

他不再多想，回了電話給尚－雅克，也跟對方說了他會照顧好自己別擔心之類的話。只有尚－雅克大概知道他在做什麼，不過不回報給老師是兩人的默契。尚－雅克只跟他說：「如果你出了什麼問題，我就只能照實跟老師說了，基本要求就是你得毫髮無傷。」

他笑了起來，跟對方說了謝謝。目前他最需要的就是這樣的支持，看來對方也是調整了態度，想學習他能接受的方式與他相處，他真的是心懷感激。

說好事情結束再一起吃泡麵，尚－雅克還說他才不要吃泡麵，要吃就吃別的，叫他想好之後再跟他們說，反正給艾瑪一個練習的機會，他說好，就切斷通話了。

接著，他打開了遊戲，用另一個帳號登入。

而那個帳號，是梅斯蒂的。

★

迪博拉掛掉電話之後，沒顧到時差問題，直接撥了電話給艾德加。

「我就知道妳會打來。」電話另一頭笑著說：「畢竟，那孩子也算是妳的『作品』，妳對於自己的東西向來很執著。」

「他嚴格說起來還不算我的，只是因為他們家有些狀況，再加上剛死了母親，他爸爸怕他走不出去才把他寄放在我這裡，」迪博拉冷冷的說：「他爸隨時會把他要回去……畢竟他爸希望的是他能成為科學家，而不是小提琴家。」

「你們都在幫他決定，應該是他本人想要什麼吧？」對方笑了笑。

「這還勞煩不到你操心，我們說好那孩子想要做什麼我們都不能干涉，他爸的制約連他自己也要遵守，所以我才得搶先一步。」迪博拉沒再繼續說下去，換了語鋒：「我對他還滿有信心的，我不認為你會對他不滿意。」

「搞不好就是太過完美才討人厭……這應該是妳前男友的說法，結果也被收服了。前幾天打電話給他的時候居然斷然拒絕，說他的選擇只有你家小鬼，因為他討厭我。第一次碰到給工作還不要的，看來真的是對你家小鬼很有信心。」對方像是非常無奈地說著：「換個講法吧，我不希望有人被取代，所以不能要他，」又加上了一句：「暫時。」

「這話真不像你講的，你家那個有那麼容易被取代？」迪博拉冷哼：「我不認為你這麼沒自信。」

「妳家那個像吸水海綿，某個角度來講才是最可怕的武器，妳的自信難道不是出於這點嗎？」對方停頓了一下，又說：「不，該說這才是他的天賦。」

迪博拉笑了笑：「這麼說起來，我家小鬼跟你家那個好像差沒幾歲，你確定你沒有私心？」

「私心？」對方呵呵笑：「就怕他們兩個互相沒興趣，不然有本事就帶走吧！」

11

「你想要我幫什麼忙。」

「我想跟妳借帳號。」

「帳號？」

「嗯……詳細原因我很難說明，但我有需要確認的事情。」

「你想確認什麼？」

「妳傳訊的帳號跟我看到發布『猶太少年』故事的，是不是同一個人。我想問他是怎麼知道的。」

「所以，那真的是在說你？」

「現在我不能說，但是以後我會告訴妳真相。」

「好，我幫你，你要記得你答應過我的事。」她停頓了一下，又說：「就當是我們成為朋友的第一步。」

然而，當他下線後，梅斯蒂就傳了訊息給那個願意給她權限進入破關房間的人。

當然這段紀錄是刪除的，大概是不想讓他看到，終究對方給她進入破關房間的條件就是要他加入遊戲。留著紀錄大概是怕對方翻臉不認帳，於是留個憑證，沒想到就來不及銷毀了。

而他，如果不是因為死了人，大概也不準備這麼早登入帳號。

一切就是這麼陰錯陽差。

「我按照約定了，應該要換你兌現承諾了？」

「（此對話已刪除）？」（他推測對話內容是：「他是哪個帳號？」）

「（此對話已刪除）」（他推測是打ＩＤ）

「（此對話已刪除）！」（他推測對話內容大概是：「果然是他出現了嗎？很好，太棒了！我一定會遵守約定！」）

「那麼我要怎麼進入破關房間？是有隱藏關卡什麼的嗎？」

「我會派車去接妳。畢竟妳是第一個進入破關房間的人，要盛大隆重一點。」

「那不只是個網路關卡而已嗎？」

「那就像寶可夢一樣，有些特殊的道具或隱藏的關卡，需要到特定的地方才能打開或收集，而且，妳還必須戴上我所準備的工具才看得到。」

「……原來是因為這樣，所以大家才找不到嗎？」

「當然，那個特權等同於管理員權限，怎麼能隨便開放？所以，妳回去之後可以跟朋友炫耀了。」

接下來就是私人聯絡方式及接送地點和時間，有錢人家的少爺果然不同，真的派了車子去接送……

正看著這些訊息陷入沉思，就發現通訊內容正極快速地消失中。

他才想動作，就看見對方傳了通訊息過來：

「星星，這樣算違反遊戲規則，你惹惱我了。」

「所以擁有管理員權限的是你嗎？」既然都被發現了，他也就坦白承認，一點都不意外對方會立刻猜到是他，畢竟，知道梅斯蒂在玩這個遊戲而且還死了的人也只有他了。

「因為你違反了規則，所以我不會給你任何回答。」

然後，他就被登出遊戲了。

想再登入，就跳出「此帳號不存在」的視窗。

幸好在細讀訊息之前他就先截圖，或許梅斯蒂的手機被拿走也是這個原因，對方留下了這些訊息想要刪除，只要倒溯回去就可以查出和死亡時間相吻合。

對方應該沒想過他居然有帳號密碼可以登入遊戲查看對話紀錄，所以線上紀錄還來不及銷毀，但手機內的資料肯定是全部清空了。

他沉吟了一下，跑去敲了隔壁房間的門。

「不是說了小鬼該睡覺了嗎？」這是阿多斯打開房門的第一句話。

「我想請你查個東西。」他說，然後報出了接送地點、時間和車號。

「……連同周邊的攝影監視畫面？」阿多斯馬上反應過來。

「如果有的話。」

把截圖的對話紀錄交給阿多斯之後回到房內，他大概預測得出來對方是走什麼棋勢，知道自己不可能只等警方調查的結果，一定還要想其他的辦法。

於是，他做了有生以來第一次違反常態的行動。

他決定引戰，而他也必須這麼做。

★

要想獲得行動自由權，就是得和阿多斯坦白他的計畫和所知道的事情。

阿多斯在觀察他有無和敵人聯手可能性的同時，他也在觀察阿多斯是否值得信任。

他習慣自己一個人面對一切了，非到必要不喜歡麻煩人，沒有什麼「這種事情和你有關所以給我什麼支援是應該」的想法，畢竟他同時也是在解決自己的麻煩，但得承認在某些方面還是有所極限。

或許是很少接觸人的關係，不知道人與人之間的界線在哪裡，他唯一放心的只有家人。總之，最後還是選擇尋求支援，他只能跟阿多斯說了關於他所知道的梅斯蒂及他預定要做什麼。

「……你終於願意說出來了。」阿多斯在聽完他的話之後，只是淡淡地吐出一句。

「呃？」他一時有點愣住。

「小鬼，不然你以為我為什麼要把你帶回來？你擔心的事情以為我沒想過？」阿多斯只是微勾嘴角，似乎很得意能讓他驚訝。

畢竟，從來只有這小鬼把大家耍得團團轉的份。

「所以……其實你們都知道了？」他記得自己保密得很徹底。

「我們等不到人來領遺體，根據你的說法，只能去語言學校調查，後來發現她跟你之前在潘老闆店內鬥牌的那群人有關連……如果是這樣，我不相信以你的腦袋會不知道他們是誰，就更別提會不知道那位大小姐的身分了。」阿多斯摸了摸他的頭：「小鬼，別太小看大人了。」

「我得裝得再更笨一點就對了。」他把自己被撥亂的頭髮恢復原狀。

「你裝不來的。」阿多斯只是笑了笑：「所以，你認為你的同學不知道這件事？」

「如果知道，他不會選擇梅斯蒂當成下手對象，畢竟處理後續很麻煩。除非……」他停頓了一下：「那個人真的控制不住了。」

阿多斯調出了搜查紀錄，把畫面轉向他：「這是你要查的行車紀錄。這台車在發現遺體的當天報廢，而且是沉入巴黎的外港勒阿弗爾。我們從車上找到被害人的手機，鑑識人員推測是利用汽車排氣製造一氧化碳，不過因為沉入水裡，很多證據都還在復原中，唯一確定的事情只有一件——」

他望住阿多斯，等待下文。

「這是租借的車子，而租借人不知去向，現在只能全境通緝。」
「對方有可能離開法國的意思？」
「不排除這種可能性。」
「所以，要試試我的計畫？」他試探性地問著。
「不如說，現在也只剩下這個方法可行了。」阿多斯笑了。

★

挑了個上線人數最多的時刻，他第一次發布了他的「故事」：

從前從前……呃，雖然故事不見得一定要從「從前」開頭，可是這樣比較有氣氛，那就還是從前吧！

從前從前，有名生在巴黎的少年，他擁有一個顯赫的家世背景，父親又是極有名望的人，可是他從小就跟別人有點不一樣……該說哪點不同呢？大概就是無法與人共感吧？

如果不是高度刺激就不會有所反應，強度愈強與奮程度就會愈發加重……這些當然都是經過時間去堆積和發現的。

他自己不以為意，可是他的父母對於他不願意符合團體中的規範或要求，或是說謊成性，以及容易暴怒或衝動打人這點非常頭痛，於是就送他去學小提琴……畢竟，「學音樂的孩子不會變壞」，也能調養氣質，他的父母覺得應該這樣就會糾正他的錯誤行為了。

沒想到這名少年還真的很有音樂天分，而且也如他父母所期望的那樣，減少暴力攻擊行為或違反團體規範的事跡……所以只要少年願意繼續學琴，不管他提出什麼要求，父母都會答應。

然而，這名少年愈是長大，就愈發察覺自己只是刻意在壓抑，成為大家所期待的樣子。他就是無法克制自己的衝動及無秩序的行動，他認為所有的規則都是應該被打破的，有這種東西的存在本來就是不自然、是違反人類天性的。他就是對於別人的悲劇沒有同理心，反而覺得那是對方活該，甚至是當作自己的樂趣。不管做錯什麼事情都不覺得自己有錯，有錯也是他人的錯，即使傷害了別人也不認為自己有什麼問題，都是別人的問題……完全合理化自己的行為。

漸漸會覺得：為什麼我要符合大眾的期待？為什麼我非得要去迎合別人的價值觀不可？為什麼我非得要屈就自己？明明我就不是這樣的人！反而因為真實的自己無法被接納而感到憤怒和委屈。

然而這些會引起父母的反感跟衝突，再加上父親是有名望的人，更是不願意面對他這樣的行為跟表現，他開始變成家族之恥，父親不願和他人提起的存在。

他的母親當然對於他跟父親的對立感到非常難過，決定帶他去看心理醫生，那應該是他差不多十五歲的時候……心理醫生的回答是：「聽起來是典型的反社會人格。以生理上來說，這有時是因為大腦受傷所引起，有時是因為內分泌激素變異所產生的問題，或是因為遺傳基因所引發……但是如果不是成年之前都需要觀察，無法下定論。」

母親感到絕望，希望能要求治療，然而少年的反社會人格治療未達兩項條件：第一，他才十五歲，不能算正式鑑定。第二，他本人也不願意接受治療，畢竟他認為自己都沒有錯，當然也不會認同自己有問題這件事。依照聯合國人權文件：「除非對他人及社會產生危害，否則未經本人同意不得強制就醫。」就成了理所當然的理由。

十七歲的時候他在網路上看到了藍鯨遊戲，他是怎麼加入的……嗯，大概就是用個假帳號弄來一些符合要求的東西，但都不是他本人的，別忘了他會為了自己的利益或樂趣去欺哄愚弄他人，並引以為傲。所以，他每天的樂趣就是看到有人因為這個遊戲而自殺，然後暗自取笑怎麼會有這麼笨的人，居然會相信這種愚蠢的事情，但是又很享受這些人的恐懼和悲劇……以及被欺騙的樣子，這些娛樂能減緩他的衝動……因著還有小提琴的存在，於是他又開始恢復了正常的狀態，所以，他父親就把他接回去了。

然而沒想到……他的樂趣……或者說他用以偽裝的手段，卻因為一個人的死亡而結束……

就是那個用自焚結束藍鯨遊戲的猶太少年。

喉嚨微微地發苦，胸口又開始疼痛，但覺得自己一定要撐住，最後的那句話讓他打得艱難，每個字都是忍住痛楚才能下手：

起先你並不知道是誰破壞了你的樂趣，然而搜尋一下社會新聞也能找到紀錄，再加上肉搜跟比對，網路是個資訊很發達的世界，英文又是共通的語言，很快就被你找到是什麼人為了什麼原因做了什麼事……

在憤怒之餘，你對這個人又產生佩服，因為他做了你一直以來想做卻沒有做的事情。他是自焚，但你想燒毀別人，或者說，燒毀這個世界。

於是你從中領悟到一件事：何必毀了這個世界，只要讓大家都跟你一樣就好了。只要大家都跟你一樣，你就再也不會是特殊的存在。只要大家都是反社會人格，只要反社會人格變成一種正常行為——你就不再是「異常」，而是「正常」的了。當然你給自己的理由是：你是在解放跟你相同的人。

他停住，才又說：

你認定這名自焚的少年跟你一樣，都是反社會人格，因為他用了最激烈的手段，而那個手段引起你的共鳴。

於是你決定再現藍鯨遊戲，為了尋找……或是培養，跟你一樣的人。

「星星，你真的愈來愈深得我心了。」對方果然跳出字幕：「對，沒錯，就是你說的這樣，我都忍不住想鼓掌了。果然就像我想的一樣，只有你能懂我，也只有你了解我的感受。

我在發現夏爾老師居然接了個從美國來的學生之後，就一直很好奇，剛好助理又是個很好聊天的對象，所以我只要問關於你的事情，她就都說了，當然只限於她知道的……星星，你能體會當我意識到那是你的時候的驚喜嗎？畢竟，你跟行星是雙胞胎，他有的你也會有，對吧！」

「打從一開始，你就自認為很了解我呢！」他淡淡地回應：「那麼，我還有沒說完的話，你應該也很願意繼續聽下去吧？」

「我很沒有耐性，你最好說快一點。」對方也不是省油的燈，自然感受到他的話中有話。

「放心，我也不想拖太久。我只是來交任務的，記得嗎？」

對方陷入沉默，大概是沒想到他會選擇公開場合，現在線上人數有上百人，而且從他說故事及開始對話之後，人愈來愈多了。

底下開始跳對話框，不是討論起反社會人格，就是開始搜尋之前的藍鯨遊戲。

「我並沒有說任務可以在這裡交。」對方的語氣開始變了。

「既然是遊戲任務當然是在遊戲裡交，不然應該在哪裡？」他好整以暇：「或者是，你有什麼不敢讓人知道的事情嗎？」

「我沒有什麼不好讓別人知道的事——」

「你叫我解答的謎底，我找出來了。」不給對方有討價還價的餘地，他直接亮牌：「既然你要再現藍鯨遊戲，社群活動的年齡層對你來說太小，即便你也知道年紀愈小愈好操弄，但你的方向不同，你是要找尋跟自己一樣的人，或者是讓對方也能擁有同樣的反社會人格，於是你得擴大年齡範圍，所以，你乾脆直接變成真正的『遊戲』。

對你而言，這是輕而易舉的事情。畢竟你的父母會答應你的任何請求，只要你成為一個正常人乖乖的不惹事，你想拿一筆錢說成是跟朋友創業，他們也不會在意。

前次和你一樣在藍鯨遊戲中，最後沒死成的人其中有一個是設計App的能手，和你不同的是他是真的想死，加入遊戲只是增加必死的決心，至於他為何想死，這個或許只有你們自己知道。不過，估計你是這樣跟他說的：『反正都想死，不如把命給我，我用錢交換你的時間。』他就答應了。

你之所以會把遊戲設計成現在這個樣子，是因為你還有另一個樂趣——你用ＶＲ體驗每個貼上來的故事，所以才需要強度夠強的故事內容，鯨爆的標準取決於你以ＶＲ體驗時的共感程度……我猜大概是脈搏或是其他數值，總之如果無法使你感到興奮，或是沒有讓你達到某種數值，就會出現鯨爆畫面。」

底下字幕開始跑出：「天啊這是什麼變態興趣？」、「原來我的故事可以令人血脈賁張，我幾乎沒在鯨爆的，哈哈哈哈哈……」、「噢我都不曉得原來遊戲真相是這樣。」、「快，現在上網訂購ＶＲ，誰都不可以攔阻我！」

螢幕上開始出現鯨爆畫面，西蒙森冷的聲音傳來：「你真的惹火我了！竟敢讓我成為別人的笑柄！」

「這樣就不行了嗎？原來你這麼在意別人的眼光。我都還沒說到重點呢，」比起對方瀕臨失控邊緣的警告，他依然閒適自得：「是關於梅斯蒂的死因。」

★

人到底要在何種處境之下才會產生「絕望」？因為不再有希望，因為不再有期待，失去了生存下去的動力，於是認為生命不再延續也可以。

梅斯蒂和父親吵了一架之後出門了，原本手下們要去追大小姐的，但是家主說：「她逃不了的，就讓她去，肚子餓了就會回來了。」

沒錯，原以為可以逃過一劫的事情最終還是沒有結束，而且這次要「賣」給更老的男人。父親的說法是：「他死了之後遺產都歸妳有什麼不好？妳會成為最年輕的寡婦，想跟怎樣的男人在一起都沒人阻止妳，像爸爸一樣。」

的確，她的爸爸身旁一堆漂亮年輕的女人，有的年紀甚至比她還更小。她的媽媽早就死心了，每天的樂趣就是上街購物狂買一堆珠寶首飾，對她也漠不關心。問題是她爸爸很長命，還不曉得什麼時候才會死！以此類推那個老頭雖然行將就木但也可能會再活二十年啊！現代人都很長命大家都怕死，難道要她嫁過去之後毒死那個老頭讓自己得到自由嗎！

只要她的生命繼續下去，這些事情就不會結束，這個不成功，爸爸還是會想辦法再換下一個，她就是籌碼，只要開得起價誰都可以！

她永遠無法主宰自己的命運，就像是擱淺的藍鯨一樣，無法回到大海，即使回到大海也只是死路一條。

「那就想辦法逃走啊！想辦法自食其力啊！」

是啊沒錯，如果是批判別人，她也會同樣毫不留情地嘲笑面對這種命運的人，就像是狠狠鞭打著自己一樣。但取笑別人是紓壓，逼迫別人是發洩，當自己面對的時候才知道養尊處優——即使是被豢養來賣的自己有多麼無能，多麼無法抵抗，多麼害怕未知，多麼恐懼無法掌握的未來。

出門原本只是想轉換心情，她知道她終究還是逃不了，但好希望有誰能帶著她逃走，遠遠離開這一切。

她看看來接她的車子，品牌跟她家的等級差不多，也夠寬敞舒適，所以毫不猶豫地上了車。

「先生說請妳戴上這個。」開車來載的司機如此對她說著，遞給她一個無線耳機，待她戴上之後便發動車子。

「拿到耳機應該就是上車了。」對方的聲音從耳機中傳來。「車上有飲料，妳可以自行取用。」

梅斯蒂看了一下車內座椅旁的小冰箱，果然有用漂亮的玻璃罐裝著冰酒那一類的飲品。

身為一個毒梟的女兒，說自己不喝酒實在太矯情，該說她們家也從來沒在管未成年能不能喝酒這種事。

「原來你是富家少爺。」梅斯蒂說：「聽聲音該不會跟我差不多大吧？」

「我十九。」

「我十七！」梅斯蒂驚喜地說著：「所以你只是純玩家嗎？」

「是，也不是。」對方停頓了一下：「妳對我這麼好奇嗎？」

「就認識認識交個朋友啊！」梅斯蒂爽快地說，此時只想把討人厭的事情丟開。「所以我等等會見到你嗎？」

「妳想見到我？」

「你排斥跟網路上認識的人見面嗎？」

「對我來講都無所謂，我也可以到約定地點去見妳。」他說：「只要是妳希望。」

「聽起來好像只要是『我希望』你都會完成。」她半開玩笑地說著。

「也可以這麼說。」對方回答：「我說了，妳是第一個進入破關房間的人，我會給妳特別待遇。」

「那如果我說帶我走呢？」梅斯蒂衝口而出，然後連忙收回：「不，我的意思是……」

「『帶妳走』是什麼意思？妳發生了什麼討厭的事情嗎？」

「……那個是……」梅斯蒂開始說起了關於自己的事情，她是真的很希望有誰能聽她說，尤其是在這種時刻，她已經厭倦這一切永無止境的輪迴。

畢竟朋友雖然多，但誰都不是她真正可以放心說話的對象，即便她說了，也無法給她所想要的回應。誰都不會認真地去聽誰說話，誰也不會認真地去給予回應，頂多說說無關痛癢的：「啊是嗎好可憐？」、「喔請節哀。」、「真是辛苦你了。」、「這就是人生啊！」、「啊就生長在這種家庭、啊不然還能怎麼樣？」

她要這種沒意義的回應那為什麼還要說？說了又有什麼用？這種回應對她而言只是二度傷害而已。這種事不關己的輕忽態度，只是更讓她覺得自己毫無價值，不值得更好的對待罷了。

所以，她什麼也不想說。

然而這個人……或許正因為不是同個環境裡的人，也或許並不是同個生活圈，更有可能往後都不會再見到面……不，其實她心中瞬間有種期待：如果這個人能帶著自己遠遠地逃離這一切……

車子到了目的地之後，司機像是得到了什麼指令，拿起VR給她說：「先生說這是妳的必用道具，還有，」他遞給她一個連接著車上某處的按鈕：「這個妳可能會用到，時間到了我會送妳回去，先生叫我不要打擾妳享受妳的個人時光。」然後因為要開著空調，並沒有停下引擎，讓車子繼續運轉，就先暫時離開了。

「你還真費功夫。」吐完真言，單方面的覺得自己跟對方親密度上升，於是也不疑有他。甩弄著手中的ＶＲ，梅斯蒂如此說。

「妳可以先喝個飲料，慢慢享受妳的破關之旅，我很快會到，」通話另一端的人說著：「很快。」

冰酒酒精成分很低，梅斯蒂覺得對她而言就只是果汁而已。所以想著這應該無所謂，何況她也挺愛喝的，於是便打開喝了幾口，然後切開了ＶＲ。

然而過了一段時間之後，覺得好像不太對勁，她很想把東西給拿下來，卻發現身體無力不能動，意識渾沌，於是她想起了司機一開始遞給她的按鈕，連續按了好幾次，想著或許用這個就能把眼前的畫面停住。

然後，她就再也沒醒過來了。

★

畫面瞬間被切換，螢幕上是某個虛擬房間的樣式，但出現的卻是西蒙白子的裝扮。

「果然不太想讓其他人聽到呢。如果不怕別人知道，又何必要切換空間？」他說。

「我只是不想看到其他的訊息，令人煩躁。」對方打開了語音。

他只是笑，沒再回應。

「開鏡頭。」對方如此命令。

「我不記得答應過這件事。」他的語調毫無起伏。

「我說叫你開鏡頭！」對方開始暴躁的低吼。

「我沒有理由這麼做。」他依然森然淡漠。

「你這個膽小鬼，就是不敢跟人正面對決？」

「我不需要用這種方式證明我英勇神武。」

「你倒是很會說。」對方譏誚地嗤了聲。

「這是我唯一的優勢。」他只是順著對方的話回答，至於心裡怎麼想，或是真相如何，則與對方無關。

「如果你不開鏡頭，那我們就沒什麼好說的了。」對方說著就要關閉。

「見到我對你來講有這麼重要嗎？」他淡然低吟，語音帶笑，不過落在對方耳裡卻無比嘲諷。

「因為你是個看著別人的眼睛就說出不話來的人，只有在無法與人面對面的時候才會這麼囂張，」對方嗤笑了聲：「難道不是嗎？」

「原來我在你眼中是這樣的。」他點點頭，「我向來不喜歡向誰證明什麼，但既然你如此說，不做點什麼就太對不起自己了。」

背後的燈光被關掉了，他打開了鏡頭跟語音，所以只有一片漆黑的背景，獨剩他在黑暗中發光，宛若星子。

對方原本像是被困在獸籠中的野獸，焦躁地在房內踱步，然而在看見他把鏡頭打開後便坐回位子。

「雖然你不喜歡遵守別人的規範，但是卻很想要別人乖乖聽命於你呢！」他挑了挑眉，笑了笑，然後有禮地詢問：「我可以繼續了嗎？」

「不管你怎麼說都沒用，我沒動手。」對方有恃無恐。

「別急，先讓我把話說完。」他慢條斯理：「這些高強度的刺激再也無法滿足你了，因為如果刺激感沒有一次比一次高，久了也會麻痺。於是，你想試試自己有沒有同樣可以操弄人心的能力。畢竟一開始遊戲的創始者，居然可以將別人的生死玩弄在手上，簡直像神一樣，不管他的理由是什麼，對你來講一點都不重要。你只是想試試看自己能不能做到。

就在這個時候，出現了一個你的最佳素材……沒錯，就是那個表面上活潑驕縱，身邊環繞著很多人，實際上卻自我形象低落，很需要有個依靠，既孤單又寂寞的少女，因為誰也無法了解她的內心，誰也不能排遣她的空虛。」

「星星，在這個世界上，誰不是孤單空虛的？誰不是需要靠著他人排遣寂寞？難道你真的認為自己光靠拉琴就滿足了？」

他的確是，而這段時間也都是如此度過的。他就像遊走在懸崖的邊緣，一個不小心就會向下墜落，正因為如此，他才會格外小心地讓自己維持微妙的平衡——是他與這個世界的。

然而，他並不想跟誰剖析自己，這個人也沒有這個權限。

於是他繼續往下說，並不想回應西蒙的問題：

「你用讓她進入破關房間為條件把她叫出來，並且讓去載她的人把車開來你家附近。那天你家的傭人雖然都在家，但實際上他們都不會靠近你的房間，你大概也知道你正常的時候可能幽默風趣非常有魅力，一旦發作無法控制自己的時候是會找傭人出氣的，這個只要去問話……嗯，我是不知道令尊到底給他們多優渥的封口費，但我想應該也還是能問得到含糊的答案。

總之，你應該是事先在車上準備加了安眠劑的飲料，跟她說那是為了她所預備的，然後她要來你這裡拿『可以進入破關房間的道具』，再請司機開車送她到特定地點去。

車子開到你家的時候，你應該是親自去見她了……我對女生的喜好沒研究，但我想你大概是她喜歡的類型，所以你為了實行你的計畫還是親自送她去了吧？等安眠藥發揮作用，她沉沉睡去的時候，你離開了車子，再利用汽車引擎運轉時釋放一氧化碳的方式殺了她——」

「哈哈哈哈……什麼啊，原來還是這種老掉牙的推理嗎？」西蒙哈哈大笑：「零分，零分啊，星星你錯了，而且是大錯特錯，我沒殺她，」西蒙收了笑，像是想要跟他炫耀似地說著：「她是自殺的，而且在車內，自己乖乖用運轉的引擎自、殺——」

「喔，原來是自殺的嗎？」他話一出口，西蒙立刻察覺到哪裡不對勁：「除了主謀，大概不會有人知道她是自殺的，因為巴黎警方實在太優秀，到目前為止都還沒公布她的死因呢！至少我目前沒在任何公開的資料或報導上看過。」他微勾嘴角：「我是不是該去告密？」

「呵，告密，你以為光靠這點，警方就會相信你？」西蒙嗤笑一聲。

「在執行計畫前，你用數據分析了她的故事，找到共通點——既然這個遊戲是你的，你要求開放等同於管理人的權限也是應該的，或者你可以請管理人幫你分析她的數據，不管是她會瀏覽的故事，或是她會貼出來的故事，這些內容都有一個共通點——她會避開『強暴』相關的內容。

再怎麼血腥暴力，再怎麼殘忍，再怎麼凌虐，她絕對不會碰觸的只有這項。

於是，你大膽推測……或者說你如此認定，她是曾經遇過這種事情的。

總之，你在那台車裡，讓她用VR看了不少這類畫面吧？因著含有安眠藥劑的飲料，使得她沒辦法脫掉她所戴著的道具，她想停止這一切唯一的辦法——」

他刻意拉出一個休止符，然後說：

「就是按下你給她的死亡機關。那台車應該是改造過的，這也能說明為何你非得銷毀證物不可。原本你想的是她在絕望的時候，你可以助她一臂之力，告訴她如果她對這個世界厭倦了，現在就可以解脫。然而沒想到，她是在這種狀況下按下了你的機關。換個角度說，你根本是逼她自殺，而且還用一種實驗性質的心態想知道這種方式會不會奏效，或者根本樂見其成，難道不是嗎？」

他的語氣有著壓抑過的憤怒，對一個曾經歷過傷害的人做了這麼殘酷的事情，居然只為了自己的樂趣，只為了自己的實驗心，活生生地撕裂對方隱藏的傷口，以至於陷入絕望，就這樣結束了自己的生命，實在是太惡劣，太卑鄙了！

「不不不……星星，她是出於自主性按下開關的，我什麼都沒說，也什麼都沒做，我只是提供了一個選擇，她的行動甚至出乎我的意料之外，難道警方會因為這樣就治罪於我嗎……」

西蒙臉色一變，森冷地笑著說：「不過，我還是應該要殺了你，以確保這件事不會被知道，我不希望因為警察的懷疑，讓我爸再度把我視為怪物異類，甚至是不該存在的恥辱……雖然很可惜，雖然我一直希望你能成為我這邊的人，可是……我還是應該要殺了你杜絕後患！」

「我不會讓你這麼做的，」有人從他身後按下通話，平穩地說著：「我還需要他的腦袋，所以，我會保證他是完好的。」

燈光全亮，螢幕上的他悠然轉動著椅子，西蒙這才發現他並不是在他房內，而是在一個以電腦連接螢幕的地方進行對話，身後站著的，都是穿著警察制服的人。

「你騙了我！」西蒙憤怒地吼叫了起來，簡直像是野獸的咆哮。

「我想，警察們應該在前往你家的路上了，我以『同學』的身分勸你，去找個好律師吧。」

他以食指刮了刮了鼻尖，把手中的西洋棋騎士放在螢幕前。

「在把你checkmate（將死）之前，我有話還沒說完。你之所以對『藍鯨遊戲』有共鳴的地方還有一點，那就是你手上的琴弓。琴弓的纏柄原來是用尼龍做的，但那是仿鯨鬚所製造出來的感覺，所以在你的要求下，換成了真正的鯨鬚。

你父母是為了想要讓你成為正常人，才送你去學琴。對你而言那就是個華麗的裝飾，想要包裝你原來暴戾的性格。

你意識到你自己其實一直都在別人的標準跟價值中求生存，纏柄上的鯨鬚，讓你聯想到不曉得有多少擱淺的藍鯨，才能成就了這把琴弓。

你覺得自己也像是藍鯨一樣，掙扎著要在無水之岸生存，而這個無水之岸就是不能接納你，讓你必須要偽裝起自己符合別人標準的世界。

至於你為什麼必須在屍體上刻下藍鯨圖案，你只是想藉此作宣傳，畢竟『連續殺人事件』會引起話題性和討論熱度，你希望有更多人能加入遊戲，所以才想以此炒熱這個關鍵字。

我想，大概是一個月前的自殺案例給你的靈感。因為他也同樣刻下鯨魚圖案而自殺，你便想到可以利用這個點。剛好我來到巴黎也是這段時間的事情，雖然不見得知道我跟胡安有什麼過節，但是你也是恰好經過幫派鬥毆的現場，於是想利用這件事來達成目的。

所以你才會等到把鯨魚圖案刻完之後，把屍體投入塞納河中，等到隔天再去現場，刻意使用這個醒目的裝扮引起警方的注意。原先想拍照上傳，但是巴黎的遊騎警阻止了你。不過，對你而言，你得到更好的收穫，因為你遇到了我。

最後我要說，雖然我和行星是雙胞胎，但我們是不同的個體。你把他跟我混為一談，他會很生氣的，因為他向來比我優秀很多。」

「你怎麼知道，他不會想變成你呢？」西蒙冷冷地笑著，凝聲成惡兆的前身。

「因為，我就是你。」

這句話跳出記憶，他臉色驀地一沉，眼前的螢幕就被關掉了。

「不要受對方挑撥。」阿多斯的聲音傳來，摸了摸他的頭，轉身跟警員們下令。

他將頭靠在椅背上，望著天花板發呆。

事情應該是結束了……雖然是結束了，可是全然沒有打贏的喜悅，反倒益發地感受到胸口空白的空洞，需要拿什麼去填補。

可是……他好累……在這之前……先好好睡一覺吧……

「太好了，幸好有相信阿多斯先生。」

正想閉上眼，一把清亮的女聲出現在門口，他回過頭，發現警員跟阿多斯都對她行了個禮，於是，他只好跟著站起身。

她穿著一身全黑的及膝洋裝，齊耳的短髮，澄澈的大眼睛。他注意到這名女性似乎是裝著義肢，走路時有些微跛。

「這就是阿多斯先生所說的那名難搞的小屁孩嗎？好像是『星星』？」那名女性在他們面前站定，他才發現她比他還矮小，看上去十分年輕，雖是娃娃臉實際上也過三十了，但有著一股無法忽視的威儀，眼睛看著他，卻是問著阿多斯。

他望了阿多斯一眼，指著自己：「小屁孩？」

阿多斯隻手遮住臉，「別這樣啊，克勞德法官。」

「原來是『米萊狄』夫人嗎？」他若有所悟地點點頭，惡意的口吻算是回敬「小屁孩」這個形容。

「喂！」阿多斯直覺把他的嘴給摀住。

「米萊狄？」克勞德想了一下：「喔，我的名字是夏洛特．克勞德。米萊狄在年輕時候的確用過這個名字。原來阿多斯先生跟你提過我？」

「不，請別理會他說了什麼。」阿多斯連忙跟眼前的預審法官說，恨不得剛剛那幾秒鐘不存在。

「真難得看到阿多斯先生這麼慌亂的樣子呢！」克勞德笑了起來。「這麼說起來，初次遇到阿多斯先生的時候，很驚訝有人會喜歡大仲馬的小說，喜歡到把自己的小孩取成故事裡的角色。阿多斯先生還說：『幸好是三劍客，而不是愛德蒙或基度山伯爵。』」

她模仿起阿多斯說話的口吻，維妙維肖。

他噗的一聲笑了出來，點點頭表示能夠理解。

因為自己的父親是天文迷又是太空人，才會有了「恆星」這樣的名字。雖然日後到台灣，由於自己的姓氏是「Rothschild」，所以取了「駱」而被「他的作者」誤解為「流星」，但那未嘗不是一種很美的意象，而且，他甘心成為她的「心（星）願」，所以從來沒糾正過她。36

於是，他成了她的一千零一夜，用他經歷的人生，換她全部的人生。

「報告我會親自送過去，實在不用勞煩您親自跑一趟。」阿多斯在面對眼前的女性時非常的謹遵禮儀，就像是公主的騎士一樣。

「剛結束手邊的工作正閒得發慌，就想過來看看。」克勞德看了看他們，一改輕鬆的姿態，認真且正式地說著：「辛苦你們了。」

「原來『米萊狄夫人』是位漂亮的女性啊！」

「小鬼，你再多說一句相不相信我會揍你？」

終

後來，找到了租車的人，果然領錢辦事，並不知道匯款人是誰，只是負責把車子開去指定地點，至於車上有什麼或為什麼要做這件事，一概不知。

但經過周邊監視器的證實，隔日凌晨天未亮時，這個司機就遵照吩咐將車子開到岸邊投水，而他到的時候屍體已經不在了，隱約覺得哪裡有問題，所以才逃亡的。

遊戲的製作團隊當然也一起問罪了，畢竟他們送審的遊戲跟後來更新的系統變數（PATH）是不同的東西，以至於他們的遊戲可以通過審核。而主要製作人——那個兩年前藍鯨遊戲的玩家則全部招供，也知道西蒙做了等於「間接正犯」這件事，所以加上提供的證物足以成案。

在姑姑回家之前，阿多斯、尚－雅克跟艾瑪以及他一起去潘老闆店裡開慶功宴，然後他就拉著尚－雅克一起玩雙小提琴演奏，他隨便拉一段，叫尚－雅克跟上他並且合音，到最後根本故意亂拉讓人不曉得從何合起，他還笑得很開心。

「辛苦了，」潘老闆替阿多斯斟酒。「這段期間當保母的心得如何？」

「絕對不要生這麼聰明的小孩，根本是整死自己。真懷疑他爸媽到底怎麼把他帶大的，我都開始同情他姑姑了，成天幫他收拾善後就夠了。」阿多斯整個虛脫。

「搞不好他在家很乖，你是玩伴不是家人，他當然比較放肆。」潘老闆呵呵笑。

「他又不是貓！」阿多斯白眼翻到月球去。

「所以，那小子有把面具拿下來了嗎？」

「老闆，你知道嗎？」阿多斯瞇著眼，看著手中的酒汁上倒映著自己的容貌：「其實面具戴久了就會成為自己的一部分，難以分開了。」

「是嗎？」潘老闆笑了笑：「所以，有可能他的某個部分也真的是開朗的？」

「腹黑的吧！」阿多斯可沒忘記自己被耍得團團轉：「不過……如果這件事在他心裡真的能結束就好。」

「很難成為過去吧……這點你也很清楚不是嗎？」潘老闆斜睨了阿多斯一眼。

「……嗯……」阿多斯一口飲盡酒液。

迪博拉回來那天，阿多斯親自送他回去，也真的直接跟她說清楚來意。

雖然他再三地說最好不要，不過阿多斯認為還是通報一聲比較好。

在阿多斯表明身分之後，迪博拉看了心虛的他一眼，然後問：「應該不是我家小鬼闖了什麼禍吧？」

「不，正好相反，」阿多斯看了他一眼：「受了他不少照顧，所以想跟您打聲招呼，也許以後還有需要借助他能力的地方。」

「哦？沒想到我不在，你也能過得這麼不甘寂寞？」迪博拉瞥了他一眼，他只能心虛地把眼光轉向其他地方：「不過，這是你想做的事情嗎？」

「咦？」他一時反應不過來。

「幫國家警察辦案是你想做的事情嗎？」迪博拉又問了一次。

腦中瞬間轉過許多人的臉……不論是弟弟的、梅斯蒂的、胡安的……他微微蹙眉，然後說：「我不知道這是不是我想做的事情，可是……也許繼續下去會找到什麼也說不定，就像是……」

「被你拆了的小提琴？」迪博拉安閒地微勾起唇角。

「咦？」他一時間愣住了。

迪博拉沒再繼續，只是對阿多斯說：「這小鬼來巴黎就是為了成為音樂家，在不影響到他練琴，也不會讓他受傷的前提下，就讓他自己決定吧！」

「女士您可以放心，我們會傾全力保護他……」

「這種事情還是別隨便講，」迪博拉快人快語地打斷阿多斯：「我等於是把他音樂家的前途賭在這上面了，這孩子要是出了什麼萬一，恐怕會有葬送他成為音樂家的可能性，不管是你，或是他自己都承擔不起。所以，」迪博拉望住他：「你不要想著靠別人保護你，你自己也要學會保護自己。只要被我知道你有危險的可能性，我會立刻禁止你做這件事，你最好自己想清楚。」

「嗯……」他有點意外姑姑會答應，畢竟對姑姑來講，沒有比成為音樂家更重要的事情：「我知道了。」

待阿多斯跟他離開後，迪博拉嘆了一口氣：「哥哥，也許你家小鬼會選擇的路，跟我們所期待的都不一樣呢……」

註釋

1 據說愛因斯坦的每把琴都暱稱為「莉娜」（Lina），也就是「小提琴」（violin）的簡稱。而星星也把自己的琴取了同樣的名字。

2 J.S.Bach : Partita No.2 in D minor, S.1004, Ciaccona，巴赫無伴奏小提琴奏鳴曲與組曲（作品號 BWV 1001-1006）是音樂史上最著名的小提琴作品之一。其中夏康舞曲（Ciaccona）是一種流行於巴洛克時代的樂曲，起源於墨西哥、西班牙等殖民地的舞曲音樂。因為幾乎包含了所有的小提琴獨奏及演奏技巧，經常會被拿出來獨立演奏。而在小提琴國際大賽中也被拿來當成必選曲目之一。

3 L.v.Beethoven : Violin Sonata No.9 "Kreutzer"，又稱克羅采奏鳴曲，以技巧及感情而知名，時長四十分鐘。作家列夫・托爾斯泰因此曲獲得靈感而發表了同名小說《克羅采奏鳴曲》。

4 L.v.Beethoven : Violin Concerto in D major, Op.61，因為樂曲長度是四大小提琴協奏曲之冠，因此有人將此曲稱為「加上小提琴協奏的貝多芬第十交響曲」。四大小提琴協奏曲分別是：貝多芬D大調小提琴協奏曲、布拉姆斯D大調小提琴協奏曲、柴可夫斯基的D大調小提琴協奏曲，孟德爾頌E小調小提琴協奏曲。

5 N.Paganini : Caprice No.5 , No.10 , No.24

6 N.Paganini : 24 Caprices for Solo Violin

7 Pablo de Sarasate：Romanza Andaluza Op.22 No.1，薩拉沙泰（或薩拉沙特，1844-1908）是西班牙的小提琴家及作曲家，作品具有濃厚的西班牙特色。最著名的作品為〈流浪者之歌〉（Zigeunerweisen,Op.20）是很多電影愛用的配樂。

8 Vittorio Monti（1868-1922）："Csardas"，維托里奧・蒙蒂，義大利作曲家及小提琴家，以作品〈查爾達斯〉聞名。然而「查爾達斯」其實是匈牙利一種民間舞蹈的名稱，和〈卡農〉實指一種音樂形式而非單指帕海貝爾所作的樂曲一樣。蒙蒂的〈查爾達斯〉被改編成多種版本，獨特的風格是他魅力之一。

9 又稱麥士蒂索或馬斯提佐人，指的是歐洲人與美洲原住民祖先混血而成的拉丁民族。梅斯蒂的名字來自於她的種族。

10 阿爾弗雷德・阿德勒（Alfred Adler，1870-1937），醫生、心理治療師，以及個體心理學派創始人。

11 阿爾弗雷德・比奈（法語：Alfred Binet，1857-1911），是一位法國心理學家，智力測驗的發明者。在此夏爾用以調侃自己的名字。

12 以法國兩位音樂家，瑪格麗特・隆（Marguerite Long）與賈克・提博（Jacques Thibaud）之名而成立的音樂比賽，主要目的是發掘年輕優秀的演奏家。參賽者的最高年齡限制是三十歲，沒有最低限制。和一般國際大賽相同，必須先經過約七分鐘的錄音審核。比賽分成初賽、複賽，及獨奏和協奏曲的兩階段決賽。

13 曼紐因國際青少年小提琴比賽（Yehudi Menuhin International Competition for Young Violinists）每兩年舉辦一次，分成 Junior 組（十一到十五歲）與 Senior 組（十六到二十二歲）。

14 蓋希文（George Gershwin，1898-1937），〈藍色狂想曲〉（Rhapsody in Blue）為其代表作。他曾到法國拜師，但沒有人想收他，原因是他當時已身價百萬，出版了許多曲子和樂譜，〈藍色狂想曲〉便是其中之一，去求藝只是為了想讓自己更精進。而拉威爾在聽到他的年收入時說了一句：「應該是你來當我的老師才對。」就拒絕了他。於是他在一九二六年寫下〈一個美國人在巴黎〉（An American in Paris）這首曲子。剛好星星也是從美國來到巴黎，所以常會拿這首曲子自我解嘲。

15 林姆斯基—高沙可夫（Rimsky-Korsakov，1844-1908）：〈大黃蜂的飛行〉（Flight of the Bumble Bee）選自歌劇《薩爾丹沙皇的故事》，通常會被拿來獨立演奏。

16 克里斯蒂安・奧古斯特・辛丁（Christian August Sinding，1856-1941），挪威作曲家。〈Suite in A minor〉是寫給小提琴的作品，通常會被小提琴家拿來作為挑戰速度及練習左右手協調的曲目。

17 一般的小提琴練習要從音階開始，這樣才能校正音準。然而具有一定程度跟水準的演奏家有時會直接以拉曲子當作練習。

18 雅夏・海飛茲（Jascha Heifetz，也譯做雅沙・海飛茲，1901-1987），俄裔美籍小提琴家，出生於猶太家庭中。海飛茲演奏技巧高超，且速度比一般演奏家快很多，就連艱難的曲目也不例外。因為演奏時面無表情，對於演奏會熱烈的迴響也無動於衷，因此給人一種冷酷的感覺。

19 在小提琴的練習中，音階與琶音是一起的。而琶音是一串和弦連續的演奏，也被視為分解和弦的一種，是基本演奏技巧之一。

20 **N.Paganini：Caprice No.24**，是帕格尼尼〈二十四首隨想曲〉的最後一首，也是非常著名的一首。演奏這首曲目需要許多高難度的技巧，因此很常被小提琴家拿來當成演奏曲目，帕格尼尼〈二十四首隨想曲〉同時也是許多國際大賽的指定曲之一。

21 巴黎有四大百貨公司：老佛爺百貨、春天百貨、樂蓬馬歇百貨、BHV百貨。其中巴黎老佛爺和春天兩大百貨公司都在九區的奧斯曼大道上，而小說家普魯斯特的《追憶似水年華》也有部分是在這裡完成的。

22 「宅」傳入華語文化之後，有時指的是「特別熱愛某種事物的族群」。

23 尼柯拉斯・吉德（Nicolaus Kittel，1805-1868）是一位德國籍的製琴及製弓師，但他的製琴成品大多是在聖彼得堡完成的。傳說他是宮廷製琴師，所以非常地神祕，關於他的紀錄很難找得到，而他製作的弓也非常稀少，卻具有出色的演奏性能，在運弓上具有極佳的堅韌度跟彈性。

24 **Stradivarius** 是指義大利製琴家族史特拉底瓦里，尤其是樂器製造師安東尼奧・史特拉第瓦里所製作的弦樂器，而安東尼奧被認為是歷史上最偉大的弦樂器製造師之一，與瓜奈里、阿瑪蒂合稱為「克雷蒙納的三大名琴家族」。其中又以瓜奈里及史特拉底瓦里為最出名。三大名琴在奇美博物館中有收藏。

25 **E.Ysaÿe : Sonata No.6 in E Major for Solo Violin, Op.27**。易沙意之所以寫了這六首無伴奏小提琴奏鳴曲，是因為自巴赫的無伴奏組曲太過經典，從巴赫之後就鮮少有人寫無伴奏。於是易沙意便使用艾爾加（Edward Elgar，1857-1934，英國作曲家）的《謎語變奏曲》策略，亦以自己的六位朋友當成原型，創作了六首無伴奏小提琴奏鳴曲。其中一首便是寫給好友提博。

26 在《創世紀》中，以掃跟雅各為雙生子。雅各出生時因抓著哥哥的腳出來，於是雅各的名字又有「抓」的意思。以掃身體強壯多毛，善於打獵，深得父親以撒的喜愛。而雅各常與母親在一起，於是受到母親利百加的偏愛。《聖經》中記載以掃以一碗湯出賣了自己長子的名分，而在以撒要為以掃祝福（長子的名分）時，母親聽見這件事，便要雅各化裝為兄長搶先得到長子的祝福。使得兩兄弟反目成仇，於是以掃起來追殺弟弟，雅各只好逃亡至舅舅拉班的家中，並躲藏超過二十年。

在傳統文化中，長子的名分象徵權柄及地位、雙倍的產業及歸耶和華為聖（屬於猶太文化專有），尤其是中東地區，家族的權力只有頭生的（長子）可以繼承。

27 小提琴由粗到細的四條弦分別為G、D、A、E，每條弦音程相差五度，空弦可以到兩個八度。而f孔又稱之為「音孔」，是面板兩側的f形開口，使聲音可以因琴弦振幅的不同而流出。琴橋（琴馬）是支撐琴弦的薄木片，使琴弦可因張力及材質的不同發出獨特的聲音。

28 為大仲馬（1802-1870）的作品《三劍客》中的人物。

29 L.v.Beethoven : Sonata No.5 op.24 “Spring” -2nd，又被稱為「春之奏鳴曲」，是在貝多芬過世後才被人如此命名。全曲共分為四個樂章，最廣為人知的是第一樂章的快板，而第二樂章則是較為抒情的慢板。

30 「Simulation Game」，簡稱 SIM 或 SLG，是以遊戲模擬現實或虛構世界當中的環境與事件的一種遊戲形式，有許多不同的子類別。而「Blue Whale」（簡稱「B.W」）採取跟大部分遊戲的型態相同，只除了無法創建多個角色。

31 W.A.Mozart : Violin Concerto No.3，是莫札特十九歲時在薩爾茨堡完成的作品，全曲分成三個樂章，第二樂章是慢板。

32 J.S.Bach : Violin Sonata No.1 BWV 1001

33 J.S.Bach : Violin Concerto No.2 BWV 1042

34 N.Paganini : Caprice No.5，屬於高難度的曲目之一，在拋弓的部分尤其華麗。

35 艾德加·竇加（Edgar Degas，1834-1917），生於法國巴黎，是印象派畫家及雕塑家。在此為迪博拉的諧音冷笑話。

36 星星的「中文名字」是「駱星珩」，也就是「恆星」加上「姓氏（Rothschild，猶太姓氏）」的翻轉。詳情請見「讀創故事」《雙J的Arcanes》。

048

擱淺的Blue Whale

國家圖書館出版品預行編目（CIP）資料
擱淺的 Blue Whale / X.H 夜月獨步著 .
-- 初版 . -- 臺北市：聯合文學，2021.9
272 面 ;14.8X21 公分 . -- (N-JOY ; 48)
ISBN 978-986-323-409-8（平裝）

863.57　　110014081

出版日期／ 2021 年 9 月 初版
定　價／ 350 元

ISBN 978-986-323-409-8（平裝）

作　　者／ X.H 夜月獨步
發 行 人／張寶琴

總 編 輯／周昭翡
主　　編／蕭仁豪
資深編輯／尹蓓芳
編　　輯／林劭璜
資深美編／戴榮芝
業務部總經理／李文吉
行銷企劃／林孟璇
財 務 部／趙玉瑩　韋秀英
人事行政組／李懷瑩
版權管理／蕭仁豪

法律顧問／理律法律事務所　陳長文律師、蔣大中律師
出 版 者／聯合文學出版社股份有限公司
地　　址／ 110 臺北市基隆路一段 178 號 10 樓
電　　話／（02）2766-6759 轉 5107
傳　　真／（02）2756-7914
郵撥帳號／ 17623526 聯合文學出版社股份有限公司
登 記 證／行政院新聞局局版臺業字第 6109 號
網　　址／ http://unitas.udngroup.com.tw
E-mail：unitas@udngroup.com.tw
印 刷 廠／博創印藝文化事業有限公司
總 經 銷／聯合發行股份有限公司
地　　址／ 234 新北市新店區寶橋路 235 巷 6 弄 6 號 2 樓
電　　話／（02）29178022